なんでも生まれる

彩瀬まる

Maru Ayase

ポプラ社

なんどでも生まれる

1

きょうはあかるい。

草のにおいがする。草のにおいがするつるつるの地面を、ゆっくりあるく。

風がふくとしろいものがひろがって、地面にあおむらさきいろの影がおちて、そのたびにこちらはこわい。影がゆれるとなんだかこわい。こわくて、からだがやぶけそうになる。

あちらにおおきなものがいる。

おおきなものはアウアアンとなく。アウアアン、アウアアン。おおきなものはおいしいものをこちらによこす。いいにおいがするちいさなつぶや、みているとからだがむずむずする、ほそながくてよくうごくもの。

おおきなものはときどき、からだのながいぶぶんでこちらをつつむ。つつまれるのは、いい。おおきなもののちかくにいたい。ちかくにいないととてもこわい。すぐにこわくなる。いきていると、いつもこわい。

アウアアン、とおおきなものがなく。

しろいものがひろがって、しぼむ。しぼむと、そのおくがあかるい。くらいこともある。水がおちてくることもある。きょうはあかるい。

あかるいところを、まぶしくひかる線がよこぎった。

すこしおくれて、どうん、とおおきな音がなる。風に水のにおいがまざる。嵐がくる。くる、くる。

あんなふうにひかる線がはしるのを、まえにもみたことがある。からだのまわりがぼろぼろとこわれ、ひかる線のむこうから音と風がおしよせてきた。

「アウアアン」

おおきなものがそばにいる。こちらにさわる。嵐がくるのにきもちがよくて、めをとじたくなる。こわさがすこし、うすくなる。

「アウアアン」

アウアアンは、こちらなのかもしれない。

ひかる線がはしるみたいに、わかった。

こちらは、アウアアンなのかもしれない。おおきなものは、だからアウアアンとなくのかもしれない。

また、ひかる線がはしった。あかるかったのにくらくなる。風がつよくなる。水がおちてきてすこしはなれた地面をぬらす。

「アウアアン」

おおきなものがよぶ。よばれている。あしがむずむずする。からだがふうっとふくらむ。

アウアアンいるよ！　こちらもないて、おおきなもののからだをのぼった。

*

「桜《さくら》さん、桜さん」

ああ、茂《しげる》さんの声だ。

優しく体を揺らされて、自然と目が開いていきます。明るい。ここも明るい。尾羽を立たせ、横倒しになっていた体を起こします。ベランダのそばのひだまりで、いつのまにか眠っていたようです。六月に入ってだいぶ日射しが強くなり、体がとろけるようにぽかぽかしています。

「桜さん、寝てると玄米で作ったお餅《もち》みたいだね。ひなたぼっこ気持ちよかった？」

すぐそばに部屋着姿の茂さんがしゃがんでいます。てのひらで背中を撫《な》でられて、クウと喉《のど》から声が出ました。

「そろそろ友達が来る時間だよ。お散歩行ってきたら」

あれ、そうですか。じゃあ行ってきますかね。茂さんの指をちょっとつついて立ち上がります。アタシが動き出すと茂さんも腰を浮かせ、敷きっぱなしのお布団《ふとん》に戻っていきました。また痛みが生じているのか、茂さんは辛そうに首を押さえています。

――茂さん、待っててね。

ココ、と一鳴きして、アタシは埃《ほこり》っぽい木の階段を一段ずつ、慎重に下りていきました。

一階の店舗には客の姿がありました。

海老《えび》のように曲がった腰、生まれてこのかた一度も笑ったことがなさそうな深い眉間のしわ、そして全身から漂う香ばしい穀物の匂い。愛想のかけらもないしかめっ面をこちらに向けるその年寄りは、近所の米屋の主です。たしか名前は梅子《うめこ》といって、周りからは梅ちゃん、本人がいない場所では梅干ババアと呼ばれています。

なんだ、客じゃなかった。梅干ババアはこの店の主である川平幸太郎《かわひらこうたろう》、つまり茂さんのジイチャンの茶飲み友達です。ババアは階段を下りてきたアタシに向けて、わざとらしいため息をつきました。

「ニワトリなんざ、昔は縁の下で残飯ついばんでるのが当たり前だったのにねえ……堂々と人間様の家の中をうろついてマア。お前、自分を人間だと思ってないだろうね？　ええ？」

シッシッ、と手を揺らして追い払われ、いやあな気分でレジの方向へ退散します。人間たちがよく言う「ニワトリ」って、あの小学校の飼育小屋で毎朝野太い声で鳴いている白色レグホンのことですよね？　あんなデカくてふてぶてしい鳥と一緒にしないでください。アタシはあいつらよりずっと小さくてラブリーなチャボです！　この桜碁石《ごいし》模様が目に入らぬか。

　レジ前の丸椅子《まるいす》では、ジイチャンが新聞を読んでいました。助けてジイチャン、ババアがいじめる！　コッコッと鳴いて、ジイチャンの膝とその上に広げられた新聞の間のスペースにもぐり込みます。ジイチャンの頭のてっぺんの薄い毛は、他の人間とは違って薄茶と白が入り交じった明るい色をしています。アタシの体の色とよく似ているので、そばにいるとなんとなく安心します。同じ理由で、黄色っぽいアルミの鍋の中に隠れているのも好きです。

「それで、しげ坊は今日も出てこないのかい」

　薄い紙越しに、ババアの不機嫌《ふきげん》な声が届きます。オレンジ色の花柄のシャツを着たジイチャンは、突き出たお腹をさすりながら困った様子で口を開きました。

「いやまあ、ほら、難しい話だから」

「難しいもんか。大して珍しい話でもあるまいに、幸太郎さんが腫《は》れ物に触るようにするからややこしくなるんだ」

「そんなこと言ったってなあ、梅ちゃん」

「どこか具合が悪いならさっさと病院に行かせたらどうだい」

「本人が行きたがらねえんだもん。そんなに大ごとじゃねえ、休んでれば治るからってそればっかりだ」

「まだるっこしいねえ……よし、あたしが引っ張り出してやるよ」

「待った待ったそんな、散歩いやがる犬っころを小屋から引っ張り出すのとはわけが違うんだから」

　年寄り同士が揉《も》めています。二人の声が毛羽立っているのがいやで、アタシはジイチャンの膝から飛び降りました。

　ババアが帰るまでどこかに隠れていようかな？　ジイチャンの店には大鍋だの籐籠《とうかご》だのプラスチックケースだの、中に隠れられそうな商品がたくさんあります。

　キッチン雑貨がずらりと並んだ狭い通路を歩いていると、店先に子供がやってきました。椿《つばき》の花びらみたいな色のランドセルを背負った小学二年生のいろはちゃんです。ただいまあ、と元気よく言って店に入ってきます。アタシを見つけると、わざわざしゃがんで手を伸ばしてきます。

「ふふふー、桜さんだっ。元気？」

　元気ですよう。おかえりなさい。歓迎の気持ちを込めていろはちゃんの足元に近づきます。アタシの体を撫でるいろはちゃんの手は、土と蜜柑《みかん》をこね合わせたような匂いがします。ちょっと鉄の臭いも交ざっているので、鉄棒で遊んできたのかもしれません。

「いっちゃんおかえり。アイスココア飲むかい」

「飲むっ！」

「昼の売れ残りだけど、バター醤油《じょうゆ》のもろこしおにぎり食べるか？　子供はこういうの好きだろ？」

「食べるうっ！」

　お腹を空かせた小学生がバンザイのポーズで喜びを表現すると、揉めていた年寄りたちはさっとおとなしくなってそれぞれに動き始めました。ジイチャンはココアを作りに奥の休憩スペースへ向かい、ババアは手にぶら下げていたビニール袋からラップにくるんだおにぎりを取り出します。いろはちゃんは店の奥からもう一つ丸椅子を持ってきて、もらったおにぎりにかぶりつきました。おにぎりはみるみる小さくなっていきます。

「今日は宿題あるのかい？」

　氷がたくさん入ったアイスココアのグラスを差し出し、ジイチャンが聞きます。

「ある！　音読！　国語の教科書五回読むから、おじいちゃんあとで音読カードにサインしてね」

「あいよ」

「でも先に桜さんとお散歩行きたい」

「おう、さっきから桜もそわそわしてるし行っといで。車が危ないから大通りには出るなよ。あと桜が猫にさらわれたり、人や自転車にぶつかったりしないよう気をつけてな」

「はーい」

　おやつを食べ終えると、いろはちゃんはアタシの方にやってきました。大きなランドセルを下ろしたせいか、ずいぶん身が軽くなったように見えます。

「じゃあ行こっ、桜さん」

　はい、そうしましょう。週に二日、いろはちゃんが店にやってくる日は、アタシにとって貴重な長いお散歩のチャンスです。なんとしてもこの少ないチャンスを生かして、探しものを見つけなければ。

　尾羽をしっかり立て、警戒しながら店の周囲をよく確認します。犬なし猫なし小学生なし、散歩中のジジババ及び乳幼児を連れたパパママ多数。天敵のいない絶好の散歩日和《びより》です。——さあ、今日も冒険の始まりだ。

ふん、と鼻から息を吐き、アタシは閑散《かんさん》とした午後の商店街へ堂々たる一歩を踏み出しました。

アタシが暮らしている「川平金物店」はなんというか、色んなお店が並ぶ商店街の中でも薄暗くてぱっとしない感じの、あまり目立たないお店です。商品の陳列はお世辞にもきれいとは言いがたく、調理器具や園芸用品、工具類なんかが入り交じった状態で、積み木のようにガチャガチャと積み上げられています。壁には端《はし》が破れた古いポスターが貼りっぱなしになっているし、エアコンから伸びた水漏れのしみも目立ちます。店の前に置かれた植物すら、ジイチャンの水やりがあまりうまくないせいで葉っぱの先が枯れています。

来店するお客も、一日に片手で数えられるくらい。それでも細々と商売が成り立っているのは、ジイチャンとつがいになっているバアチャンの卓越した包丁研ぎのセンスと、質のいい商品、特に調理器具を仕入れて地域の料理店に売り歩く営業能力の高さのおかげだとか。

「俺ぁ能なしだからな。バアチャンの仕事の邪魔しないようにして、のんびり店守ってんのが一番いいのよ」

というのがジイチャンの口癖《くちぐせ》です。しなびたジジババの飯代さえ稼げればいいんだし、と常連客にしゃべっているのを聞いたこともあります。ただ、今はそこにアタシと茂さんの飯代もかかってきているので、本当はもう少しお客さんが来てくれた方が助かるのかもしれません。

さて、そんなジジババでひっそり営まれていた金物店の二階に、どうしてアタシと茂さんが転がり込んだのか。説明すると、長い話になります。

まだアタシがいとけなく可憐《かれん》な、地域で一番かわいらしいヒヨコだった頃――茂さんはよく「桜さんはこの辺で一番の美人さん」と言ってくれるので、ヒヨコの頃のアタシはそれはそれはかわいらしかったに違いありません――金網に覆われた狭い箱の中で、アタシはいつも安全な居場所を探していました。

起きている間はずっと物陰から物陰へと逃げ回り、時々足元に落ちている食べ物を拾って、辛《かろ》うじて命をつなぐ毎日でした。体の大きな仲間たちはいつも血が出るまでアタシをいじめ、箱の隅へと追いやりました。生まれてからずっとそんなだったから、アタシにとって生きるとは、いつか大けがをして食べ物が拾えなくなるまでの、苦しいのをじっと我慢する時間のことでした。

今でも忘れられません。

とても寒かった夜に、初めに暮らしていた箱がなにか……猫かいたちか、小さすぎたアタシにはわかりませんが、とにかくなにかに襲われたとき、アタシは金網と地面の間にできたわずかな隙間《すきま》に体をねじ込んで、なんとか外に出ることができました。仲間たちのものすごい悲鳴が響き渡る中、とにかく襲撃者から離れようと死にものぐるいで逃げたものの、外の世界のことなんかなんにもわかりません。怖くてさみしくてあまりに寒くて、心臓が潰れそうな気分で叫んでいたら、後ろからすっぽりと柔らかいものに体を包まれました。

苦しさのない、かといって動けるほどのゆるみもない、ちょうどいい圧迫に、なぜかとても懐かしい気持ちになったのを覚えています。ここは大丈夫だ、とついつい体の力が抜けていく不思議な感覚にたゆたいながら、アタシは抱き上げられました。

今思えば、おそらく茂さんは帰宅途中の道路でパニックになっていたアタシを見つけ、両手ですくい上げてくれたのでしょう。あの頃は自分の身になにが起こっているのか、周囲を見ていてもうまく光景を嚙《か》み砕くことができませんでした。茂さんがアタシと違う命と体を持つ別の個体だ、と理解するのにもずいぶん時間がかかったものです。茂さんはコートのポケットにアタシを入れて、住んでいたアパートに連れ帰ってくれました。

茂さんは、子供向けの教材を作る会社の営業担当者でした。毎日朝早くから遅くまで子供がいそうな家のチャイムを鳴らしまくり、教育熱心でちょっと押しに弱い親御さんを探すのが仕事です。

ただ、その仕事は茂さんには向いていないようでした。茂さんは人と話すのが苦手で、しゃべっているうちに自分が変なことを言っていないか、相手をいやな気分にさせていないか、そわそわと不安になる性質を持っていました。初対面の相手は挨拶《あいさつ》だけでも緊張するのに、さらに巧みなおしゃべりで相手の警戒心を解いて商品を売りつけてこい、だなんて、土を泳ぐのが得意なミミズに、バッタより高くジャンプしろっていうくらい、茂さんにとっては難しいことでした。

チャボ相手なら平気なのになあ、と帰宅してアタシをケージから出した茂さんは、菜っ葉を片手によくのんびりと呟《つぶや》きました。その笑顔が苦しそうで、茂さんが持ってきてくれる菜っ葉はいつも新鮮でおいしいのに、アタシまで胸が苦しくなったものです。毎晩毎晩、茂さんは仕事の悩みをアタシに語りました。部内で一番、営業成績が悪いこと、同僚にからかわれていること。

アタシ、なんで茂さんと同じ種族じゃないんだろうなあ。人間なんてぬるっとして細長いし、頭が丸いのがずいぶん間抜けな感じだけど、茂さんの味方になれるなら人間に生まれたってよかったなあ。

茂さんがコートの襟《えり》を掻《か》き合わせて真冬の街を歩き回っている間、暖かい部屋のケージで餌《えさ》を突っつきながらアタシはため息をつきました。もうアタシを追い回す仲間はいません。だけど、アタシを守ってくれている茂さんは外で羽をむしられ、血をにじませているのです。

茂さんは真面目《まじめ》な人でした。夜遅くに帰ってきても、冷蔵庫からなんらかの食べ物を取り出して、銀色のピカピカ光る調理器具で料理を作っていました。多くは汁もので、野菜だの肉だのが色のついたお湯にぷかぷか浮いていました。

ある日、台所掃除の途中だったのか、床に下ろされていた大鍋にアタシがぴょんと飛び込むと、茂さんはおかしげに笑いました。

「桜さん、そんなところに入っていると、煮込んでだしを取られちゃうよ？」

だしってなあに？

「金物店をやっているジイチャンがね、一人暮らしの記念に鍋釜一式をプレゼントしてくれたんだ。ちゃんと飯を食うことは自分を大事にすることだ、俺の大事な孫を、お前が責任もって大事にするんだぞって」

言って、茂さんはうれしそうにアタシが入った鍋を撫でました。

「うちはそんなに裕福じゃなかったのに、父さんと母さんががんばって金を貯めて、俺を大学に入れてくれたんだ。テレビでＣＭを流してるような有名な会社に受かるなんてすごいって二人とも喜んでくれた。だから俺は、しっかり飯食ってがんばんなきゃ。桜さんも応援してな」

桜はいつだって茂さんを応援していますよう。そう伝えたくて、コッコッ、と喉を鳴らします。茂さんはアタシを優しく撫で、そっと鍋から取り出しました。水洗いした鍋をふきんで拭《ぬぐ》う茂さんの背中を見上げ、でも、とアタシはちょっと首を傾《かし》げます。

でも茂さん、これ以上がんばるって、どうやるんですか。ぎりぎり限界までがんばってもうまくいかない場所でそれ以上がんばるって、壁に向かってごっつんごっつん、ひたすら頭をぶつけ続けるみたいな話じゃないですか。道ができるよりも先に、頭《ず》蓋骨《がいこつ》の方が割れちゃいませんか。

子供のウケがいいかもしれないと、アタシを営業に連れていくこともありました。結果は散々なものでした。まあ、扉を開けたらチャボを小脇に抱えたスーツ姿の会社員。そりゃあ驚かれます。ただ、そんな無茶をするぐらい当時の茂さんは追い詰められていました。ノルマの不足分を補うために自社製品を買い取るのは日常茶飯事で、生活費と家賃を引いたらかえって赤字になってしまう月もあったようです。

お金の他にアタシがなによりもいやだったのは、営業所の雰囲気でした。誰も彼もが半笑いで、茂さんのやることなすことをだめだだめだと馬鹿にします。茂さんが本当にだめなのではなく、ただ「だめだ」と言いたくて言っている感じでした。そうすることで、うまく群れのまとまりを作っているのです。

アタシはこれを知っています。茂さんのおうちに来てから、なんで自分はつつかれたのか、あの辛い時間は一体なんだったのか、アタシはずっと考えていました。アタシが兄弟たちの中で卵から出てくるのが一番遅かったから？　体が小さかったから？　仲間たちがいじわるだったから？

　どれも完全には間違っていません。でも、あの場所にはもっと大きな原因がありました。

　小屋の住み心地が悪かったんです。

　あそこは、だめで危険な場所でした。小屋は狭く、不衛生で、仲間たちはいつも苛《いら》立《だ》っていました。アタシがつつき殺されたら、アタシの次に体の小さな子がつつかれる。そんな現象がずっと繰り返されてきた、小さな地獄みたいな場所でした。どこにでも発生しうる、ありふれた、たちの悪い地獄です。そして茂さんの職場にも、アタシは同じ印象を持ちました。

　たくさんの白っぽい花びらが雨のように窓の外を流れていた頃、茂さんは布団からなかなか出られなくなりました。体に力が入らず、どうしても起き上がるのが辛いようなのです。どうにか支度をして仕事に出ても、体調が悪いものだから営業成績はいつも以上に振るいません。ぐったりとして帰宅し、泥のように眠り、翌日はまた起きられない。そんな日々が続きました。すみずみまで掃除機がかけられて清潔だった部屋は捨て置かれた衣服やゴミで畳が見えなくなり、台所の流しには汚れた食器や鍋が溜まっていきました。

ある朝、茂さんは枕に頭を預けたまま、見たこともないような怖い顔で天井をぎゅっと睨《にら》みつけ、目尻から大粒の涙をこぼしていました。

「ごめんなさい……ごめんなさい……」

食いしばった歯の間から、呻《うめ》くような声がします。アタシはケージの中で力いっぱい羽ばたきました。出して！　出して！　なにかやるから、アタシを出して！　どんなに訴えても、茂さんにアタシの声は聞こえません。アタシは気づいていたのになにもできなかった。もう何週間も、茂さんは台所で料理をしていませんでした。自分を大事にすることすら、できなくなっていたのです。

その日から、茂さんは仕事を休み続けました。それどころか、ほとんど家から出なくなりました。外に出るのは、アタシの餌やケージの下に敷いているおしっこシートが切れたときだけ。ろくに食べ物もとらずにずっと布団に横たわったまま、どちらかといえばふっくらした体つきだったのに、みるみる痩《や》せていく茂さんを見ているのはとても辛かった。

茂さんは、人間が怖くなっちゃったんだ、と思いました。目が、揺れて、ほんのわずかな物音にも跳ね上がる目が、つつかれ続け、追い回されていた頃のアタシにそっくりでした。このままでは茂さんは死んでしまう。むしろ茂さんは、自分に罰を与えている気分だったのかもしれません。もう俺なんかどうなったっていい。そんな、自暴自棄《じき》な空気があの頃の茂さんの周りには漂っていました。

まもなく茂さんは望み通り、あからさまに体調を崩しました。ろくなものを食べていないのだから当たり前です。

高熱と猛烈な咳《せき》でぐったりした茂さんの、唯一の誤算は、アタシが同じような風邪を引いたことだったのではないかと思います。

「なんで桜さんの方が、俺よりぐったりしてるの……」

そんなこと言われたって、桜と茂さんは一心同体なのです。茂さんがうれしければアタシもうれしい、茂さんが苦しければアタシも苦しい。あの日、茂さんに拾ってもらった日から、ずっとずっとそうなのです。あふれ出る鼻水の息苦しさにあえぎながら、アタシは辛うじて茂さんを見上げました。

茂さんはふっと、本当に久しぶりに、少しだけ目尻をゆるめて笑いました。膝に片手を当てて、立ち上がろうとします。が、すぐによろけて布団に尻餅をつきました。

「だめかあ」

頭を掻き、這《は》いつくばるようにして部屋の隅に放られていた「すまほ」に手を伸ばします。充電器に挿して数分後、どこかに電話をかけました。

「体調が、悪くて。うん、あのさ、今、チャボを飼ってて、その子を俺の代わりに病院に連れていってほしいんだ。うん、うん……ごめん……実は、父さんと母さんには、まだ内緒にしてほしいんだけど……」

長い電話でした。途中、茂さんの目尻からはつうつうと涙が流れていました。

数時間後、どんどんどん！　とものすごい勢いで玄関の扉が叩《たた》かれました。

「馬鹿野郎！　大事にしろって言っただろうが！」

空気が震えるほどの剣幕で乗り込んできたジイチャンは、出迎えた茂さんの体を強く強く抱きしめました。

アタシは、ジイチャンに感謝しています。

ジイチャンはすぐに茂さんとアタシをそれぞれの病院へ運び、もともと倉庫として使っていた川平金物店の二階を片づけて茂さんが住める部屋を用意してくれました。今では毎日、栄養たっぷりのごはんを運んでくれています。ぜんぶぜんぶ、アタシがやりたくてもできなかったことです。

アタシは……本当にいやだけど、認めるしかありませんでした。弱った人間を助けられるのは、人間だけなのです。

川平金物店に移ってからも、茂さんは変わらず部屋にこもっています。親御さんの仕事がらみの引っ越しが多かった関係で、中学生の頃の茂さんは店の裏手にあるジイチャンの家から近くの学校に通っていたそうです。もしかしたら、昔の知り合いに会いたくないのかもしれません。それとも、まだ人間が怖いのか。チャボのアタシにはわかりません。

ただ、茂さんが困っているならアタシは動き続けます。アタシが茂さんを助けられないなら、アタシの代わりに茂さんを助け、部屋から連れ出してくれる人間をなんとしても探してきます。

「桜さん、今日はどこに行こっか」

いろはちゃんはアタシを抱き上げながら聞きました。この子はお店の中だとそうでもないのですが、外だとやたらとアタシを構いたがります。車から守ったり、近づいてきた犬猫から隠してくれたり、公園で虫が隠れてそうな石をひっくり返してくれたり。気づかいはとてもありがたいのですが、なんとなくままごと遊びの赤ん坊役をやらされているようなやりにくさもあります。

なにより、この散歩はアタシにとってただの散歩ではないのです。茂さんを助けてくれる人間を探す、大切な冒険です。

いろはちゃんごめんねと思いつつ、アタシは羽ばたいて彼女の腕から飛び降りました。公園の植え込みでミミズを探すのも捨てがたいですが、今日は商店街の入り口の方角へ行ってみましょう。入り口には、この辺りのマスコットだという大きな白いマネキウサギが住んでいるらしいのです。金物店のお客の噂話《うわさばなし》によると、そのマネキウサギに願いごとをすれば、願いをかなえてもらえるんだとか。――それにしても、マスコットってなんでしょうね？　マネキウサギってうさぎなのかな？　チャボを襲わない生き物だといいけれど。

歩き出して早々に、お隣の文具店に差しかかりました。商店街のお店は、金物店のレジ前に貼られた商店街マップでだいたい覚えています。ご近所に興味を持つのは、新参者のたしなみってやつですね。朝方の雨の名残《なごり》でできた水たまりをぴょんと跳び越し、ほんのちょっと入り口を見上げます。

　するといろはちゃんが急にアタシを道の端っこに押しやり、目の前にしゃがんでスニーカーのひもをいじり始めました。ちょっと靴の中に小石が入っちゃって、取ってるの、と言いたげな仕草です。アタシはいろはちゃんの背中に行く手を阻まれたかっこうです。

　なんで、と文句を言うよりも先に、道の先から学校帰りらしいランドセルを背負った男の子たちがわっと声を上げて走ってくるのが見えました。あれは……犬の顔には眉毛を描き、野良猫の腹は揉み倒し、先日はなんと鳩を両手でわしづかみにしていた悪名高きちびっこギャングども！　生き物が好きなのでしょうが手つきが乱暴でたまらないと、近所の動物たちが口コミで危険を伝え合っている悪ガキどもです。アタシも前に公園で追いかけられたことがあり、あわてていろはちゃんの背中に隠れます。

　男の子たちは、みんないろはちゃんよりもいくらか背丈《せたけ》が大きいように見えました。多くの子が見えないおむすびでも握っているような、お椀《わん》状にした両手を上下に合わせた不思議なポーズをしています。元気のいい一人が、文具店の入り口で叫びました。

「たつ兄みてみて、カエルつかまえた！　カエル！」

ああ、今日の哀れな生《い》け贄《にえ》はカエル……なんと！　カエルですか。ちょっといいですねえ。脚の一本でも、もいでアタシに味見させてくれないものでしょうか。つい食欲をそそられて首を伸ばし、いろはちゃんに「だめだよ」と抱き込まれます。

男の子たちの呼びかけに応じて趣《おもむき》のあるガラス戸が引かれ、中からひょろりとした体つきの、髪の毛をぼさぼさと伸ばした人間の雄《おす》が出てきました。むすっとした愛想のない顔つきで、長めの前髪と黒縁《くろぶち》の眼鏡《めがね》で目元が隠れていてわかりにくいのですが、よく見ると案外若そうです。茂さんと同じくらいでしょうか。

雄は子供たちに落ち着いた声で話しかけました。

「よかったな。でもうちの店は、カエルの持ち込み禁止だ」

「えー」

「学校にビオトープがあるんだろう？　入れてもいいかって先生に相談してみたらどうだ」

「あっそれいい！」

男の子たちは再び突風のように走っていなくなりました。さりげなくカエルを断り、かつカエルの安全を確保するとは、あの雄なかなかやりますね。気配を消していたいろはちゃんが立ち上がり、アタシをそっと地面に下ろしました。

「それ、川平のニワトリか？」

文具店から出てきた雄がじっとこちらを見て聞いてきます。ニワトリじゃなくてチャボですう。五回ぐらい念押ししたいところですが、あいにくアタシはしゃべれません。いろはちゃんは雄の問いかけに迷いながら、こくんと顎《あご》を引いて頷《うなず》きました。

「茂が帰ってきたのか？」

「茂にいちゃん？　二階にいるよ」

いろはちゃんは金物店の二階の窓を指差しました。この子は茂さんにとって、父親の末の妹の娘――つまり、年の離れたいとこにあたります。まだ赤ん坊だった頃のいろはちゃんを、中学生の茂さんが抱っこしたこともあったのだとか。

そうか、と頷き、二階をちらりと見上げた文具店の雄は、それ以上なにも言わずに自分の店へ帰っていきました。

「茂にいちゃんのこと知ってるのかな？」

いろはちゃんが首を傾げてこちらを覗《のぞ》きます。どうなんでしょう？　アタシはいろはちゃんと同じ角度に首を傾け、ついでに羽繕いをして、散歩を再開しました。

　商店街の中ほどまで進むと、ふんわりと香ばしい匂いが漂ってきます。わかります、わかりますとも。これはアタシが大っ好きな穀物の匂いです。さっきうちに来ていた梅干ババアの米屋ですね。ババアはよくうちに顔を出すし、全身から穀物の匂いをぷんぷんさせているので、この商店街で一番先に覚えました。

　ああ、今のうちに無人の店にもぐり込んで、一番甘い米から順につつき散らしたい！　しかしあいにく店のガラス戸は固く閉ざされ、『昼休み中』の札がかかっていました。

　どこかから入り込めないものか。米屋の前をうろうろしていると、すぐそばの通りから「キャー！」と元気のいい子供の声が響き、驚いて全身の羽が膨《ふく》らんでしまいました。急いでいろはちゃんのもとへ駆け寄ります。

「一年生ちゃんとついてきてる？」

「はじっこ！　はじっこ歩いて！」

「自転車きてるよー」

通りから通りへ、商店街を直角に横切る位置関係で二十人ほどの子供たちの列がやってきます。ランドセルを背負っているので、この子たちも小学生でしょう。先頭にいる数人は背が高く、中ほどから後ろの方へと、だんだん小柄になっていきます。いろはちゃんがアタシを抱き上げました。列の真ん中ぐらいを歩いていた、眼鏡をかけた紺色のランドセルの女の子がいろはちゃんを見て、あ、と声を上げます。

「いっちゃんだ！」

その子の周りの数人も一斉に反応して、いろはちゃんに声をかけます。いっちゃんやっほー！　あ、ニワトリ持ってる。顔こわっ！　えーかわいいよ。このニワトリつっつっつく？　ねえつっつっつく？　まるで揉めているムクドリの集会みたいに、一度始まった子供たちのおしゃべりは止まりません。どうやらこの子たち、いろはちゃんと同じ小学校に通っているようです。

「いっちゃんなんでガクドーこなくなったの？」

子供の一人にそう聞かれて、いろはちゃんは「うーん」となり、困った顔を見せました。ガクドーがなにかはわかりませんが、うまく説明できないようです。気を取り直したように、いろはちゃんがアタシを持ち上げました。

「今は、チャボのお世話してるの！」

　いいなあ、と子供たちからはしゃいだ声が上がります。先を歩いていた大きな子たちが行進が止まっていることに気づき、戻って声をかけてきました。ばいばーい、また明日ねー、と白いてのひらを見せながら子供たちが遠ざかっていきます。

「二年生になったら、もういろはは行っちゃだめなんだって。なんでだろう？　さっちゃんとゆうくんとたかしくんは二年生でも行ってるのに。お庭でみんなでドロケイやるの、好きだったのにな」

　いろはちゃんが、腕の中のアタシにしか聞こえない小さな声で言いました。

「うーん。でも、スイミングも英会話のクラスも楽しいし、おじいちゃんはココア作ってくれるし、いいんだ。あ、じゅくはちょっといやだけどね」

　考え考え、まるで自分に言い聞かせるように口にして、いろはちゃんはアタシを地面に下ろしました。アタシはちょんちょんと小さなスニーカーをつつきます。

　いろはちゃんがわからない複雑なことはアタシにもわかりません。ただ、いろはちゃんが急に変わった環境に戸惑い、落ち着かず、だからアタシのお世話係にこだわりを持っていることはわかりました。次のお散歩は、いろはちゃんの行きたいところにお付き合いしましょうか。

ちょっとしょんぼりして見えるいろはちゃんと並んで、冒険を再開します。

さて——次のお散歩で心おきなくいろはちゃんと遊ぶためにも、今日こそは一人ぐらい連れて帰りたいものです。明るくて、楽しげで、思わず茂さんが一緒に出かけたくなるような、エネルギーにあふれた人間を。

まあでも、店を一軒かまえている人間なんていうのは、たいていなんらかの強《したた》かなエネルギーを持っているものです。あまり悩まず、適当に服の裾《すそ》をくわえて連れていくのもいいのかもしれません。雄と雌《めす》ではどちらの方がいいかしら。あんまり若すぎたり年寄りすぎたりするよりも、茂さんと同じぐらいの方がいいかなあ。

「あれ、チャボだ」

珍しく的確に品種名で呼びかけられ、驚いて足が止まります。近くの店の扉を開けて、三角巾とエプロンをつけた若い雌が出てきます。

「ああ、ってことは、川平さんのところのお孫さんだよね。こんにちは」

「こんにちは」

いろはちゃんは行儀よく頭を下げました。なんでしょう、この商店街でアタシたちは話題になっているんでしょうか。雌は興味津々とばかりに、瞳を輝かせてアタシのそばにしゃがみました。

「チャボ、触ってもいいかな」

「えっと……どうぞ」

　えー、触らせるんですかあ？　知らない人はやだあん。

　不満ですが、いろはちゃんがご近所と仲良くするためです。しょうがない、ちょっとだけですよ。雌がアタシの体を抱き上げるのに任せます。うん？　なんだか抱き慣れてますね。雌はアタシの胴体を胸にしっかりと抱え、両脚をほどよい強さでつかんできます。痛くはないけれどちょっとやそっとじゃ抜け出せない、ものすごい安定感です。

「桜碁石模様もきれいだね。生後四ヶ月くらいかな？　体からいい匂いがする。お、腿《もも》の肉づきもいいね！　素敵に育ってるねえ君」

　雌の指がもぞもぞとアタシの脚を揉みます。かわいいねって体の表面を撫でるのとは違う、指先にほんのり力のこもった、まるで肉や骨の状態を確かめるような触り方です。そわわっと尾羽が立ち上がり、脚がむずつきます。

「この子はいずれ食べることも考え……あ、違うか。チャボは天然記念物だし、食べたらだめだね」

「食べないよ！　桜さんはお友達」

「そっかあ。かわいがられて大きくおなりね」

　そういえば、ジイチャンとその友達の年寄りが、恐ろしい雌について話していたのを聞いたことがあります。

　商店街の精肉店には、どちらがどちらだか見分けがつかないほど似ている双子の姉妹がいて、その片方が狩猟をたしなんでいるのだとか。自分が獲った野生鳥獣の肉を付き合いのあるレストランにおすそ分けしているらしく、「桜も日奈《ひな》ちゃんにつかまったら焼き鳥にされちまうなあ」などとジイチャンが冗談めかして言っていました。

……よく見るとこの雌、完全にアタシを獲物を見る目で見ていませんか。どことなく動き方のいやらしい指先も、体の構造を探って一番手際のいいバラし方をあれこれ考察しているような不埒《ふらち》さを感じます。まさか！　今アタシの体をつかんでいるのはまさか！

「コッ……コッコッコッコッコケー！」

本能的な恐怖に突き動かされ、アタシは思いっきり羽ばたきました。雌の腕から抜け出し、必死で走ります。桜さん！　と背後でいろはちゃんの声が聞こえた気もしますが、立ち止まれません。

羽ばたきながら走って走って、ろくに前も見ずに進んでいたら、近くを歩いていた人間のふくらはぎにどんとぶつかりました。

「わわっ！　……はあ？　ニワトリ？　あんたどこから逃げ出してきたの」

片手に花束を持った活発な感じの若い雌が、アタシのそばにしゃがみました。

ん？　どこかで見たことがありますね。ああ、先日うちの金物店にやってきて、「あのさあ、外のグリーン、枯れてる上に虫湧《わ》いてっから！　ちゃんと世話しなよ」と店先でジイチャンを叱《しか》っていた花屋です。あのとき店の中にいたアタシには気づかなかったんですね。

花屋はきょろきょろと周囲を見回し、眉間にしわを寄せると片手でひょいっとアタシを小脇に抱えました。わっ、わっ！

「暴れないのー。あんたさあ、こんなところうろうろしてたら踏みつぶされるよ？　もう少しわかりやすい場所にいた方がいいって」

花屋の言うことには一理あります。なにしろアタシ、チャボですから。地面からでは人間の靴はよく見えても、顔はよく見えないんです。

花屋は近くの店に花を届け、商店街の入り口に立ち寄りました。そこには大きなプラスチック製の、片耳の折れた白いうさぎの人形が置かれています。

白いうさぎの人形？　おや、これはもしかして……。

「ほら、ここならいやでも目立つから、ちゃんと見つけてもらえるよ」

花屋はうさぎの両耳の間にすとんとアタシを下ろしました。最後になぜかアタシのくちばしを指先でぴんと弾いて、ばいばーい、と手を振って去っていきます。

茂さんを外に出してくれるのは、こんな人間かもしれないなあ。そう、遠ざかっていく爽やかな背中を見て思いました。今度会ったら、なんとか頼んでみましょうか。

それに比べて——ああ、なんてどうしようもない。

願いをかなえてくれるマネキウサギとやら。どれだけ神秘的な存在かと思ったら、ただのプラスチックのおもちゃじゃないですか！　うさぎの頭をつつきます。コンコン。とても薄っぺらい音がしました。

願いをかなえてくれると思ったのに。

願いは、アタシみたいなちっぽけなチャボにもたくさんあります。茂さんに元気になってほしい。いろはちゃんに、これ以上さみしい思いをしないでほしい。アタシと茂さんを守ってくれているジイチャンとバアチャンが、かつての茂さんみたいに辛くならないといいなあ。アタシ、アタシも——もっと強く、大きく生まれて、喧嘩《けんか》に勝って、つつかれずに生きてみたかった。

コン、コン、コン。マネキウサギをつつくアタシのそばをたくさんの人間が歩いていきます。近くに大型のバスが停まり、年寄りの一団が「スカイツリー天丼はまだやってるのかね」「恋愛成就のうさぎのキーホルダーを頼まれたんだけど」などと談笑しながら商店街に入っていきます。早めの買い物に来たらしい主婦たち、身軽な若いカップル、公園を目指して駆けていく小学生の集団（さっとうさぎの耳に隠れます）。

よく晴れた、風が爽やかな素敵な日です。人間たちも気持ちよさそうに目を細めています。

ああ。

茂さんと、お散歩したい。

胸にぽつりと芽生えた新しい願いにうなだれ、アタシはうさぎの頭から下りました。

とりあえず、ここにいても仕方がありません。だいぶ遠くまで来てしまいましたが、人間や自転車に踏みつぶされないよう気をつけながら金物店の方向へ歩きます。幸い商店街は一本道ですし、うまくいけばいろはちゃんとも再会できるでしょう。

道の反対側を歩いていた、梅干ババアよりいくらか若いかなというぐらいの雌が二人、アタシに近づいてきました。二人とも白いワンピースを着て、胸ポケットに数本のペンを挿しています。片方は大きめの紙袋から香ばしいコーヒーの香りを漂わせています。

なにか御用ですかね？　二人は考え込んだ様子で話し合っています。

「あれ、この子じゃない」

「珠代《たまよ》ちゃん？」

「そうそう。今朝《けさ》、連絡が来てた子」

「保護した方がいいかな」

「そうしましょう。鶴田《つるた》さんは前から追い込んで。私は後ろね」

えっ、あの、ちょっと。

二人に道の端に追い詰められ、アタシはとうとう抱き上げられました。いやいやいや、珠代ちゃんじゃないんで！　ちゃんと帰れるんで！　羽ばたいて逃げようとするも、アタシは片方の羽がうまく動かないので、大した抵抗になりません。商店街の大通りから一つ角を曲がり、豊かな植え込みに囲まれた一軒家に連れていかれます。困った、困りました、どうしよう！

そのとき、遠ざかっていく商店街の通りを願ってもみない人間が横切ってきました。太鼓腹につっかけサンダル、薄茶色のふわふわ頭。ジイチャン！　ジイチャンです。きっといろはちゃんが声をかけて、捜しに来てくれたのでしょう。

コケーコッコッコ！　アタシはここだよ！　と力いっぱい主張します。ジイチャンはたしかにこちらに顔を向け、続いてアタシの背後の建物を見上げました。そして。

ふっと背中を向けて、元来た道を帰っていきました。

「なんだか急におとなしくなったね」
「お腹が空いたのかな。おにぎり食べる？」
「心配しなくても、すぐに飼い主に会えるからね」

お心づかいありがとうございます。ただ、アタシは今、その飼い主に捨てられたばかりなのです。
あと、出されるとあまりにおいしそうで食べちゃうんですが、おにぎりとかパンとかふかし芋とか、そういう火の通ったデンプンの多い食べ物は、具合が悪くなることがあるからやめようねって茂さんとヒヨコの頃に約束しました。なので、お水だけいただけますか？　あ、それか梅干ババアの米屋で売ってる玄米とかありましたら、ちょっと床にぱらぱらっとしていただけると。――ないですかね？　せっかくポケットの多い服を着ているのだから、どこかに玄米のひとつかみくらい入れておいてくれたっていいのにぃ。

コッコッと力なく喉を鳴らし、アタシはアタシをつかまえた鶴田さんと呼ばれている小柄な雌の足元に座ります。もう一人の雌は大塚《おおつか》さんというようです。

連れ込まれた建物の中は玄関になっているかと思いきや、若草色のソファがいくつも置かれたなんとも不思議な空間になっていました。鶴田さんと大塚さんは、それらのソファの正面に置かれた横長の台の奥に座ります。台の奥側には紙束やファイルが詰め込まれた棚がいくつも並んでいて、なんだか忙《せわ》しない雰囲気です。

部屋の壁は落ち着いたクリーム色で、ペタペタと様々な紙が貼られています。手を洗う？　うがいをしっかりと？　ふむふむ。売っている商品がよくわからないけど、ここもジイチャンちと同じくお店なんですかね？　他に、猫だの犬だのハムスターだのインコだの、動物の写真も多く貼られています。鶴田さんと大塚さんが店主で……ソファがたくさんあるということはそこに人間たちが座って……手と喉の美しさを競い、一番に選ばれた者はすばらしい動物と引き合わされ、一生を幸せに過ごすことができる店？

大塚さんが、紙袋を手に奥へと続く廊下を進み、突き当たりの扉をノックしました。

「橘《たちばな》先生、コーヒーお持ちしました。あと、朝に連絡が来てた迷子のチャボの珠代ちゃん、見つかりましたよ！」

「え、珠代ちゃん？」

驚いた声を上げて、奥の部屋から白い上っ張りを着た雌がもう一人やってきます。年の頃は鶴田さんや大塚さんと同じくらい。響きの深い、心地のいい声をしています。この雌がきっと橘先生ですね。橘先生はアタシを見つめ、ええ？　ともう一度すっとんきょうな声を上げました。

「迷子の珠代ちゃんはウズラだよう。それにさっき飼い主さんから、いつのまにか家の庭に戻ってきて、無事に保護できましたって電話があったよ。掲示していた迷いペットの写真も剝《は》がしちゃった」

「えっ！　じゃあこのチャボは……」

「この子はこの子で迷子なのかな？　羽つやもいいし、くちばしもきれいだし、人慣れしてるし、飼育小屋でまとめて飼われてたっていうより個人宅のペットみたいな感じだね。商店街のＳＮＳで知ってる人がいないか呼びかけてみようか」

「早とちりしてごめんねチャボちゃん。まだ近くで飼い主さんが捜してたかもしれないのに、確認しないで連れてきちゃった」

　色白でずっと少し困ったような眉毛をしている鶴田さんが、アタシを膝にのせて謝ってくれます。てきぱきと動作が機敏な大塚さんは、ちょっと交番に遺失物届が出てないか聞いてきます、と足早に出ていきました。いい人たちです。

「でも、橘先生どうしましょう。患者さんの中には動物が苦手な人もいるし、飼い主さんが見つかるまでずっとここにいてもらうわけにもいかないですよね」

「うーん。とりあえず師匠の部屋に行っててもらおうか。師匠をケージから出さなければ、喧嘩もしないと思うし。ちょっと内線で藤木《ふじき》くんに声かけてみるね」

シショウ？　変な呼び名に首を傾げるよりも先に、建物の奥の方からチュルリラ、と澄んだ美しい声が応じました。

『べっぴんさんたち、呼んだかい！』

どうやら奥に……うーん、鳴き声からしてインコでしょうか、とにかくやかましそうな鳥がいるみたいですね。

どうしましょう。なんの店かはわかりませんが、もうアタシはここのラブリーな看板チャボとして生きていくしかないのでしょうか。先に元気で暮らしている鳥がいるなら、ここはそれほど鳥にとって住みにくい場所ではなさそうです。

やっぱり茂さんとアタシ、二人分の餌代は大変だったのかなあ。

ジイチャンがアタシを捨てるなら、もうどうしようもありません。だって、茂さんは部屋から——。

「あ、患者さんかな？」

店の引き戸を開けて入ってきた人物を見て、夢を見ているんだと思いました。

毛玉のついたスウェットパンツ、首回りにしわが寄ったTシャツ、伸びっぱなしの無精髭《ぶしょうひげ》に、さっきジイチャンが履いていたつっかけサンダル。ぼろぼろでよれよれで、お世辞にもきれいとは言えない格好をしたその雄は、荒い息を整えるより先に勢いよく頭を下げました。

「す、すす、すみません！　そのチャボ、おっ俺の、で……さ、散歩、出てて」

アタシの目の前で、茂さんの膝が今にも砕けそうなくらいに震えています。橘先生は鶴田さんと顔を見合わせ、ひょいとアタシを抱き上げました。

「こちらこそ、早とちりでチャボさんを保護してしまってごめんなさい。ただ、この商店街には猫も多いので、お散歩なら飼い主さんも一緒に出た方がいいですよ」

そうゆったりと語りかける声がとても穏やかだったことを、アタシは死ぬまで感謝します。茂さんは両手でアタシを抱き留め、また頭を下げました。

「は、はいっ、はい！」

迎えに来てもらえてよかったねえ、と鶴田さんが手を振ってくれました。

はい、よかった。本当に、よかったです。

アタシを抱っこして外へ出た茂さんは、首を傾げながら建物の外観を眺め、続けて入り口の門柱を見に行きました。そこには『明日町《あしたまち》診療所　内科・小児科・心療内科・精神科』と書かれた看板がかかっています。

「唐揚げ専門店に連れ込まれたって聞いたけど、どう見てもただの病院だ……ん？」

看板のそばには青々とした植え込みに半ば埋もれた掲示板があり、休診日の案内の他、『眠れない、寝つきが悪い、夜中に目が覚めてしまうなど、睡眠に関する診療も行っています。お気軽にどうぞ』と手書きのポスターが貼られていました。

少し考え込み、茂さんはもう一度、明日町診療所の戸を開けました。台の向こう側に座る鶴田さんと短く話をして、なにか約束しています。

茂さんの周りの空気が動き、すうっと吹き抜けていくように感じたのはこのときです。

開いたままの引き戸の向こう側、豊かな植え込みの外をさっと白いものが――大きなうさぎに似た柔らかな気配が、よぎったような。きっと、気のせいですね。

すべての用事を済ませて大通りに戻ると、商店街は夕方の買い物客でにぎわいを増していました。アタシはもうだいぶ眠たくて、眠たくて、茂さんの抱っこに安心して、うとうとと頭が揺れてしまいます。茂さんはぽんぽんとアタシの体に手を弾ませます。

金物店の方向へ、茂さんが足を向けたそのとき。

　がらっと近くの店のガラス戸が開き、顔中に不機嫌なしわを寄せた小柄な年寄りが怒鳴りつけてきました。

「しげ坊！　出てきたのか！」

「梅ばあちゃん……」

「本当にもう……徳《とく》さんも浩二《こうじ》さんも、昔なじみはみんな心配してたんだよ！　それなのになんだいお前は、意地張って……」

「……ごめん」

「なにを謝ってるんだ！　いいから寄っていきな。刻みたくあんを入れたいなり寿《ず》司《し》、好きだったろう？　持って帰ってあの金物ジジイと食べな」

「はい」

　ぶつぶつ文句を言いながら、梅干ババアは店に入っていきます。アタシは、あいかわらずこええなあ、と茂さんがぼやくのを聞き逃しませんでした。

　それから茂さんは週に一度、アタシを連れて明日町診療所に通うようになりました。

橘先生に体調不良の相談に乗ってもらい、心が落ち着く薬と夜に眠りやすくなる薬を処方されているようです。薬を飲み始めて数日経つと、茂さんの顔色がだいぶよくなりました。夜にしっかり眠れるようになって、体の痛みもマシになったとか。——お日様がいなくなると墜落するように眠くなってしまうアタシは、これまで茂さんが夜の間ずっと眠れずに苦しんでいたことに一切気づきませんでした。いつだって、同じ部屋にいたのに。

『そんなこと言ったって仕方あるめえよ！　俺たちゃお天道様と一緒に生きてんだから、できることで精一杯、ご主人を支えていくしかなかろうさ』

　チュルルピチュッ、チュッ、チュビッ！　と歯切れよくさえずるのは、明日町診療所の橘先生と藤木先生に飼われているセキセイインコの師匠です。師匠は体の上半分はあざやかな黄色で、お腹より下はおいしそうな豆苗の葉っぱみたいな緑色です。見つめていると少しつつきたくなって困ります。

　茂さんが診察を受けている間、アタシは建物の縁側をぐるっと回って、居間に暮らしている師匠を訪ねるのが最近の習慣です。アタシにもとうとう、ご近所さんができました。

『でもアタシは、茂さんのお役に立ちたいんです。一番茂さんが苦しかったときにすやすや寝てたんだから、辛いもんです』

クー、クック。アタシの訴えに、師匠はパパパッとケージの中で羽ばたき、ブランコから止まり木へ飛び移りました。

『カーッ、辛気くせえったらありゃしねえ！　じゃあ俺が昨日仕入れたばかりのほっかほかの小話を聞かせてやっから。それ聞いて元気出しな』

チュルルピッ、ピピッ、ジュ！　と喉を整えるような咳払いのあと、師匠は体をリズミカルに上下させながら、なんと人間の言葉をしゃべり出しました。どことなく年老いた雌を思わせる、柔らかいしゃがれ声です。

――キクチャン、アタシネ、ズイブン、ガマンシタンダヨ

――アアシッテルヨ、マサエチャンガ、ガンバリヤサンナノ、アタシイチバンヨクシッテルヨ

チュ、チュピルピ！　調子をとるように師匠が一鳴きして続けます。

――アノヒトネ、マタオンナト、アッテタ、モウアワナイッテ、イッタノニ、アッテタ

――アー、アー、イヤダネエ

――アタシネ、モウガマンシナイッテ、キメタカラ、ベンゴシ、ソウダンシテネ

――エエ、エエ

――デテイクマエ、アノヒトノフトンニ、イーッパイイーッパイ、アリ、マイテヤッタ！

――ウソツキジジイ、イーッパイイーッパイ、カマレッチマエバイインダ！

そこで師匠は黙りました。どうやらその先は思い出せないようです。

――チャン、チャン！

最後を堂々たる決まり文句で結び、師匠は得意げにふっくらとした胸を張ります。

複雑すぎてわかりにくいところもありましたが、つがいにアリをいーっぱいプレゼントするなんて、太っ腹で気持ちのいい話です。アタシはその場で羽ばたいて喝采《かっさい》を送りました。すごいすごーい！

それまでずっと黙って座卓の前で蜜柑をむいていたパジャマ姿の藤木先生がぼそっと、「飯島《いいじま》のジイさん浮気してたのか……」と呟きました。

「桜さん帰るよー！　戻っておいでー」

コッコッ、と一鳴きしてアタシは師匠にお別れを言い、また縁側を歩いて茂さんのもとへ向かいました。

また別の日、茂さんは久しぶりに髭を剃《そ》って比較的新しいジャージに着替え、店先にパイプ椅子を持ち出して座りました。ジイチャンに日に当たってろと言われ、その通りにしているのです。アタシは喜んで茂さんの周りをぐるぐると駆け回り、膝にのったり下りたりを繰り返しました。茂さんは静かな顔で道行く人々を眺めています。

茂さんが怖くなったらいけないと、アタシは店先を離れませんでした。

昼食らしい弁当の包みをぶら下げて、お向かいのブティックの主人が通りを歩いてきました。ジイチャンと近い年頃の、だけど段違いに引き締まった体つきの、鮮やかな色合いの服を着た血色のいい雄です。

「茂ちゃん、久しぶりだな。ひなたぼっこか」

「はあ」

「ま、ゆっくりな。焦るんじゃねえぞ」

あっさりと手を振って、主人は店に入っていきます。首筋に薄く汗を搔いた茂さんが、大きく深呼吸をします。アタシも一緒に、ふうっと胸を膨らませました。

それからほんの数分後のことでした。

「すみません、あの、ゆで卵？　を、いっぺんに切れる器具ってありますかねえ」

ふらりとやってきた子連れの若い雌に話しかけられ、茂さんの顔が強ばりました。

すると、ジイチャンがすすすっと寄ってきて、これですかねと愛想よく商品を差し出しました。

「あ、これこれ。くし形に切れる？」

「いけると思いますよ。ほら、ここを引っ張ると、平たいようにも切れるみたいで」

「じゃあ、これもらうわ」

客が帰ると、またジイチャンはすすすっとレジに戻っていきました。

それから何人かのお客さんがやってきてはジイチャンと話し、商品を買って、もしくは買わずに帰っていきました。お日様が傾き、茂さんは正面の通りをじっと見つめるのではなく、薄い雲の散った空を見上げるようになりました。きゅっと伸びていた背筋が丸みを帯びて、力が抜けているのがわかります。

「お兄さんちょっとごめんね、なんだかね、今日の朝テレビでやってたんだけど、ゆで卵をきれいに切る道具ってあるかしら」

次に声をかけてきたのは、自転車を押した年寄りの雌でした。茂さんは雌へ顔を向け、パイプ椅子から立ち上がると先ほどジイチャンが向かった棚を覗き、間もなく手のひらサイズの商品を一つ、つかんで戻ってきました。

「どうぞ」

「ああ、これね。ありがとう」

「ジイチャン、レジ」

店の奥へと顔を向け、レジ前の丸椅子で腕組みをして眠っていたジイチャンに呼びかけます。そして、またゆっくりとパイプ椅子に座り直しました。

夕方になって、茂さんは熱を出しました。

明日はやめとけ、とジイチャンが言い、茂さんは首を横に振りました。熱が下がったら十分だけでも、と呟き、十分だな、とジイチャンも頷きました。

次の日、茂さんは本当に十分だけ店先に座っていました。時間が過ぎると立ち上がり、梅干ババアの店へ向かいました。アタシももちろん、お供します。

梅干ババアは店の前に長机を出して、土鍋で炊いた米を使ったおにぎりと焼きおにぎりを路上販売していました。辺りは焦げた醤油の甘じょっぱい匂いでいっぱいです。ちょうど昼時ということもあって、机の前には何人かのお客さんが集まっていました。茂さんは輪の外側で、お客さんがはけるのを静かに待ちます。

長机からお客さんが離れたのは、それから五分ほど経ってからのことでした。

「えっと……焼きおにぎり三つと、昆布とシャケと梅を一個ずつ、あと、漬け物ください」

「はいよ。——しげ坊、あんた午後は空いてるかい」

「うん」

「ちょっと頼みごとがあるんだ。三時過ぎにでも来ておくれ」

「わかった」

代金を渡し、茂さんは買ったおにぎりを持ち帰ります。ジイチャンは、茂さんが外で買い物をしてきたことにずいぶん驚いた様子でした。母屋からバアチャンを呼び出して、三人でおにぎりを頬《ほお》ばります。アタシの餌皿にも、大根の葉っぱとトウモロコシが景気よく追加されました。

食後、二階で短い睡眠を取り、茂さんはまた出かけていきました。

「どのくらいかかるかわからないから、桜さんはうちで待ってて」

ついていこうとしたアタシは抱き上げられ、あっさりと店内に戻されました。おかげで茂さんがいないあいだ、アタシは心配のあまりひたすら店のガラス戸をくちばしでコツコツと叩き続けることになりました。

「お前は本当に茂がいないと落ち着かねえなあ。まるで人間みたいだ」

レジで夕刊をめくっていたジイチャンが、そんなアタシを見て笑います。いえ、アタシは人間よりかなりラブリーでキュートなチャボです、はい。

「不思議なもんだなあ。お前を見てると、茂の心が半分、お前に支えられてるのが見えるみたいだよ。俺は、親父の代からずっとこの店でのんびりやってきたから、勤め人の悩みなんかわからねえし、下手なことを言うとかえってあいつを追い詰める気がしてな。気の利いたことの一つも言えないで、二階に置いとくことしかできなかった。でも、お前は言葉すら通じねえのに、とにかく茂のあとを追っかけて、あいつのそばにいようとするんだな」

　そこまで言って、ジイチャンは口を結びました。一度天井を見上げ、続いてアタシを見て、またしゃべり始めます。

「なにができる、できないよりも、いっちばん大事なのはそういうことなのかもしれないな」

　それは違う、と知っています。アタシだけでは、茂さんは死んでいました。ジイチャンとアタシで、やっと茂さんに生き延びてもらえる。そして茂さんが生きるだけでなく、苦しみを減らして心地よく暮らしていくには、これからもっとたくさんの人間の助けが必要なのでしょう。

　アタシはガラスを叩くのをやめ、ジイチャンの膝に飛び乗りました。

　この商店街の人たちを、茂さんを、今は信じることにします。目を閉じると、朝から気が張っていたせいもあり、すぐに眠りがやってきました。

一時間後、汗だくになって帰ってきた茂さんは、大量の米袋を上げたり下げたり在庫整理を手伝わされた、と笑って言いました。手にはなぜか千円札を一枚持っています。

「梅ばあちゃん、まだ俺をガキだと思ってる。初めから小遣いくれる気だったのかな」

「逆だろう。お前が一人前の大人だから、ちゃんと働いた分の金を寄越したんだよ」

ジイチャンは少し考え込み、店の奥から半紙を持ってくると太めの筆ペンをさらさらと走らせました。茂さんはぽかんとした面持ちで書かれたものを読み上げます。

「雑用ヤリマス。一時間千円？」

「どうよ、表に貼っとくか。考えてみりゃジジババばかりの商店街に若い男手がやってきたんだ。届かないとか持ち上がらないとか、自分じゃできないなにかを頼みてえってヤツは大勢いるはずだ」

茂さんは考え込み、もう一枚半紙を取り出しました。筆を使い慣れていないよれよれの字でこう書き込みます。

『雑用ヤリマス。三十分五百円』

「このくらいの方が、頼みやすいと思う」

「……なんだ、思ったより商売っ気があるじゃねえか」

目を丸くするジイチャンに、茂さんは照れた様子で頭を掻きます。

「でも、雑用をやるならまず一番にやりたいことがあるんだけど」

「なんだよ、言ってみろ」

「この店の掃除。お客さん、ぜんぜん品物を見つけらんないで、迷子になってんだもん」

今度こそあっけにとられて目どころか口までぽかんと開いたジイチャンは、ふいに自分の膝をぱんっと叩き、いくらでもいじれ！　とうれしそうに笑いました。

一日、また一日と、ガラス戸の外の景色が変わっていきます。木々の緑が深くなり、風が水っぽさを増して、まだアタシが見たことのない新しい世界がやってくるようです。

茂さんは毎日金物店に下りていって、商品の並べ替えを行っていきます。今まで一緒くたに置かれていた雑貨を仕分けし、余分な在庫は母屋の空き部屋に運び出し、コーナーを作って陳列すると、店は見違えるほどきれいになりました。

「こりゃいいや！　やっぱり若いと目端が利くな」

「へへ、よかった」

「こういう……なんていうんだ、商売っていうのかな、客にものを売る仕事は好きなのか？」

「んー……どうだろう。わからない」

もごもごとジイチャンは言葉を噛み潰しました。短い沈黙を挟み、また少しぎこちない調子でしゃべり出します。

「ええとな、お前、大学でなにを勉強したんだ？　なにに興味がある。これからどうしたい。なんかあったら言ってくれ」

「大学では……いちおう、専攻は教育だったけど」

前の職場のことでも思い出したのか、呟いた茂さんの眉間にわずかにしわが寄りました。

「ただ今は……先のことは、あんまり考えられないかな」

「そうだよな、なんでもねえ。焦らせたいわけじゃないんだ」

「うん、わかってるよ」

まだ完全に打ち解けたわけではありませんが、二人は大丈夫な気がします。がんばった、と伝えたくなって、アタシはレジに座ったジイチャンのもとへ向かいます。ついでに昼寝をさせてもらうつもりで膝にのると、店の入り口に細い人影が現れました。

「あ、いらっしゃいませ」

鍋を積み直していた茂さんが顔を上げ、お客と目を合わせます。見たことのある人間です。痩せて、黒縁眼鏡をかけていて、目元が隠れるほど髪の伸びた、どことなく憂《うれ》いを含んだ若い雄。思い出しました。前に文具店から出てきた人間です。

「茂、久しぶり」

雄は茂さんのことがすぐにわかったようですが、茂さんは目を見開いたまま、しばらく黙っていました。

「……えっ、も、もしかして、龍臣《たつおみ》？」

「おう」

「うっわ全然わかんなかった！　昔はもっと髪が短くて爽やか系だったのに」

「あの頃は野球部だったからな。あれから色々あって、今はおれがじいさんのあとを継いで店をやってる」

「そうなんだ……知らんかった」

龍臣は無言で頷き、持ってきた紙を茂さんに差し出しました。

「青年部、お前も入るだろ」

「え、なに？」

「この商店街の若いやつだけで集まって、客集めとか、ホームページ運営とか、イベントの企画とか、色々相談してるんだ。お前も来いよ。外から来たばかりだと、ここがどんな風に見えるのか教えてくれ。週末にこの地図の『鳥吉《とりよし》』ってところで飲んでるから」

「……俺が、入っていいの？」

「当たり前だろう。むしろ入ってくれ。人手は多いほどいい」

茂さんはまじまじと手渡された紙を見つめました。心なしかその肩が震えています。うれしいのか、怖いのか、アタシにはわかりません。三十秒ほど間を置いて、茂さんは入る、と答えました。そうか、とあまり表情を変えずに龍臣は頷きます。

「あと一つ頼みたいんだが」

「え？」

龍臣は指先で、店頭に貼られた半紙を指差します。

「茂、勉強得意だったよな。うちの店には子供がよく集まってるんだ。夏休みに入ったら、時々でいいから午後の空いてる時間に子供たちの相手をしに来てくれないか。宿題を見るでも、一緒に遊ぶでも、どちらでも助かる。バイト代は子供たちの親が払う。おれだけだと、客の相手でろくに見てやれないことがあるから」

「い、いいのか？」

「さっきからなんで聞き返すんだ？　頼んでるのはこっちだろう」

「……やる。大学生の頃、中学受験向けの家庭教師のバイトも一年半くらいしてたから、なんとかなると思う」

「なんだ、すごいな」

　それじゃあこの日ぐらいからと予定を決めて、龍臣は店を出ていきました。彼がいなくなったあとも、茂さんは明るい光が差し込む店先をしばらく呆然《ぼうぜん》と眺めていました。

「ジイチャン」

「なんだい」

「さっきの話の、続きだけど……俺、しばらくここで世話になってもいいかな」

「あったり前じゃねえか！」

ぱんっと景気よく茂さんの背中を叩き、ジイチャンは何度も頷きました。木々がざわめき、みずみずしい風がざあっと店の中へ吹き込みます。アタシの羽も、ジイチャンの髪も、茂さんが持っている書類も、なにもかもを優しく撫でて去っていきました。


毎日毎日、世界もアタシも茂さんも、少しずつ変わっていくようです。

音もなく、兆《きざ》しもなく、いつのまにか。新しい体、新しい心、新しい瞬間が、ひょっこりと顔を出します。

「コケーッコッコケーッ！」

それがようやく体からこぼれ落ちた瞬間、込み上げた達成感にアタシは思わず大きな声で叫んでいました。そばで本を読んでいた茂さんが、驚いた様子でアタシが隠れていたカーテンの陰を覗きます。

「どうしたの桜さん……え、うそっ！　おめでとう桜さん！」
茂さんは勢いよく立ち上がり、下の階にいるジイチャンといろはちゃんを呼びに行きました。引っ越して以降、茂さんが自分から誰かを二階に招いたのは、これが初めてではないでしょうか。

カーテンの陰を覗き、いろはちゃんは頬の色を明るくして笑いました。ジイチャンはほう、と目を丸くしています。

「桜さんすごーい！」
「こりゃ立派なもんだ」
「ね、触ってもいい？　桜さんいやかな？」

いいですよ。いろはちゃんなら大歓迎です。

茂さんはアタシの様子をうかがいながらそれをつまみ、いろはちゃんが小さな両手で作ったくぼみにそっとのせました。

「まだあったかい。すごい……」

どきどきする、と、いろはちゃんは照れくさそうに呟きました。

そうですね、アタシもとってもどきどきしました。

どきどきする新しいものが、きっとこれからもたくさん、どこからともなくやってくるんです。悲しいことやさみしいことがあっても、その向こうから必ずやってくる、新しくてどきどきする、いいものを、あなたたちと一緒に味わいたい。アタシはそう、願っています。

「卵を産み始めたんじゃあ、餌ももっかい見直した方がいいかもしれないな。ニワトリ飼ってる農家にいろいろ聞いてみるか」

「俺が行ってくる。このあいだ鎌を配達したところだよね？」

立ち上がった茂さんのあとを、アタシは当然のように追いかけます。ジイチャンが目を丸くしました。

「あれ、桜。今日も茂についていくのかい」

「コッコッ」

どこへだって、お供しますとも。

2

『そこのツグミのにいちゃん、見ない顔だなあ。渡ってきたばかりかい？　腹が減ってるなら、斜め向かいの家の庭でモッコクが実をつけてるぜ。そのさらに奥の家は鳥好きの人間が餌台に果物を出してるけど、気の強いヒヨドリたちが集まってるから気ぃつけな！』

『オナガの奥さんだいじょうぶか！　具合悪いのか。あんなあ、うちからちょっと川の方向に行くと、熟した柿みたいなぴっかぴかの色した建物があるだろ。その建物の二階のベランダに、寝っ転がるといい。なるべくしんどそうにな。そこに住んでる人間の雄は、具合の悪い生き物の体をいい感じにするのが得意なんだ。まっ、俺も時々連れていかれるんだけどよ！　すぐに中に入れて、いやなところも痛《いて》えところも治してもらえるよ』

チュルルル、ピッ、ピッ、ピッ。

明日町診療所の庭には今日も師匠のさえずりが響いています。居間の茶簞笥《ちゃだんす》の上に置かれたケージから、縁側に立てられた網戸越しに、楽しそうに庭を行き交う鳥たちに話しかけている師匠は、雄のセキセイインコです。

師匠の軽快なおしゃべりに惹《ひ》かれてか、庭を通りがかった様々な鳥が羽を止め、不思議そうにこちらを見てきます。スズメやキジバト、セキレイやカモ、さらにはカワセミまで。網戸には白っぽい目隠しシートが貼られていて、居間から庭を見ることはできるけれど、外からはこちらがよく見えないのです。なので外の鳥たちからすれば、姿は見えないのにやけに元気のいい鳥の声がどこかから話しかけてくるな、なんて妙な気分なのかもしれません。

とはいえ、診察室にいる人間の内緒話まで拾う地獄耳の師匠が集めた地域のお役立ち情報と優しい語り口に惹かれてか、ファンのように通う小鳥も多く、ここの庭はいつ来ても賑《にぎ》わっています。紅葉がきれいだからと診療所の橘先生が大切にしているニシキギの実も、食べ尽くされてほとんど残っていません。

そもそも師匠が同居している人間たちから「師匠」と名づけられたのは、庭に向かってさえずっている姿がまるでお客さんを前にした落語家みたいだったから、だそうです。師匠は若鳥の頃からずっと話し好きだったんですねえ。

『風が涼しくなって、庭に顔を出すメンツもずいぶん変わったもんだ。なあ桜ちゃん？』

唐突に話しかけられ、茶簞笥のそばで眠りかけていたアタシはハッと頭を起こしました。だらしなく垂れていた尾羽を急いでまっすぐに持ち上げます。

『そ、そうですねえ、四兄弟で賑やかだったツバメの一家もいなくなっちゃいましたし、少し寂しいですね』

『そういや、ヒナの頃に末っ子がぽろっと巣から落ちただろう。あれはひやっとしたなあ。ヒヨドリたちの噂で聞いて、心配で腹が痛くなったぜ』

『親切な人間に助けてもらえてよかったです』

『まったくだ。桜ちゃんとこのご主人も手伝ったんだってな？　オットコマエだな！』

『そうでしょうそうでしょう！』

ピピッ、と歯切れのいい相づちを打ち、師匠はかりこりと爪先で頭を掻きました。この様子なら、眠りかけていたことはバレていないみたいですね。

師匠は一緒にいるときに居眠りをすると、俺の話がつまらねえってのか！　と怒るんです。こちらは水のせせらぎみたいな師匠の声を聞いていると、ついつい安心して眠くなるんですが……。

アタシはふうと息を吐き、そろりそろりと丸くなっていた体を起こしました。茂さん曰《いわ》く、眠っているときのアタシはついたばかりの玄米餅そっくりに見えるのだとか。焦げ茶色の羽のせいですかね？

『それで、最近ご主人の調子はどうなんだ？』

『どうなんでしょうねえ。前よりはいいのかなって思うんですが、時々やっぱり具合が悪くて頼まれたお仕事ができないと、そういう日はすごく辛そうです』

アタシの相方の茂さんは少し前までたちの悪い会社に勤めていて、苦労の末に体調を崩してしまいました。今はこちらの明日町診療所でお世話になっています。通い始めた頃は週に一度でしたが、もう月に一度の診療ペースで大丈夫なのだとか。

ただ、変えたばかりの薬が効いたり効かなかったり、調子がいいと思いきや急に悪くなったりと、なかなか思い通りにはいかないようです。茂さんは金物店での仕事の他、依頼があればお客さんのお店や自宅に出向き、掃除や在庫整理、力仕事など、様々なお手伝いをしています。お年寄りが多い商店街なので、若い働き手として重宝されているようです。先日は「ぱそこん」を「いんたーねっと」につなげるだの、「すまほ」を買い替える付き添いだの、なにやらそんな複雑なことまで頼まれたのだとか。

ただ、急に具合が悪くなって、約束したお仕事ができなくなってしまう日もあります。そんな日の茂さんはひどく落ち込み、布団の中でどうしよう、どうしよう、と青い顔をして呻いています。また、たくさんの人が入り乱れる場や、目まぐるしく変わる状況に対応し続けるようなお仕事は向かないようでした。昔なじみの文具店からの依頼で夏休み中に何度か出向いた小学生の学習補助の仕事では、子供たちの勢いとエネルギーに圧倒されてげっそりと疲れて帰り、翌日は寝込んでしまうのが常でした。セールのときの店頭販売や、声出しのお仕事は初めからお断りしています。

一口に商店街でのお手伝いといっても、なんでも引き受けるのではなく、茂さん自身がなるべく負荷を感じず、淡々とこなしていける仕事の傾向を見つけて、選んでいく必要がありそうです。慎重な小鳥が、食べられる実と食べられない実をそっとつついて見定めるみたいに、丁寧に。

師匠はきれいな菜の花色の尾羽をぴっぴっと上下させ、深みのある柔らかい声で鳴きました。

『しょうがねえよ。こういうのは波があって、右肩上がりってわけにはいかねえんだ』

『そういうものですか』

『あんまり心配しすぎて、桜ちゃんまで具合悪くならねえようにな』

『はあい』

『ただでさえおたくら、ちょっとどうかってぐらいくっついて暮らしてんだからよ』

そう言われて、アタシは少し首を傾げます。ヒナの頃に助けてもらってからずっと、アタシは茂さんのことが大好きです。茂さんがうれしいとアタシもうれしい。茂さんが苦しいとアタシも苦しい。なんなら茂さんが風邪を引くとアタシも風邪を引く。その距離感で生きるのが当たり前なので、それを「どうか」と言われてもなかなかピンと来ません。

「桜さん、帰るよー」

診察を終えた茂さんに呼ばれ、アタシは立ち上がります。建物の縁側を伝って、待合室の方へと戻らなければ。クク、と喉を鳴らして『それではまた』と師匠に挨拶をします。

『おう。こんど居眠りしたら頭にフン落とすからな』

おっと、バレていましたか。余計なことを言ってさらに怒らせないよう、小走りでその場から退散します。


ツバメの末っ子落下事件については、アタシもなかなか詳しいです。なにしろ、茂さんと一緒に現場を訪ねましたからね。

今はだいぶ過ごしやすくなりましたが、荒ぶった太陽にカーッと熱せられて、世界が目を開けていられないほど眩《まぶ》しかった一時期がありました。近所の子供たちはプールに入るようになり、一斉に日焼けして薬くさくなった。そんな頃に事件は起こりました。

平日の午前中に、一人の雌が血相を変えて金物店に駆け込んできたのです。うちの店のお客さんには珍しい、毛先をメジロの羽みたいな明るい黄緑色に染めた、おしゃれな若い雌です。

「す、すみません。なにかこう、長い棒……あ、箒《ほうき》？　箒とかって、置いてありますか？」

まったく要領を得ない商品の問い合わせに、レジ前の丸椅子でラジオを聴いていた金物店の主、茂さんのジイチャンが「エエ？」と怪訝《けげん》な顔で首を傾げました。

「箒……箒っつったら、そりゃ色々あるけども……座敷箒か？　それとも外を掃除するでかい箒か？　オフィスとかのつるつるした床掃除に向いた自在箒もあるよ。材質も、竹だの馬の毛だの化学繊維だの、よりどりみどりだ。お客さん、どんなのが欲しいんだ」

「ええっと……」

雌は口ごもり、表情を曇らせました。ジイチャンの足元でズボンのほつれを突っつき、糸を引っ張り出して遊んでいたアタシは、ちょっとよくない流れだなと思いました。

ジイチャンは気のいい人ですが、少しせっかちで人の話を聞き飛ばす癖があります。コレコレをくれ、とすぱっと言ってくれる常連さんならいいのですが、漠然とこういうものが欲しい、というような迷いを抱えたお客さん相手だと、あっちへこっちへとやりとりを迷走させた挙げ句、「そんな商品はうちにはねえよう」と突っぱねてしまうことがあるのです。

ジイチャンのつがいで商売上手なバアチャンなら、親しみを込めてじっくりとお客さんの話を聞き、もしも要望に完全に当てはまるものがなかったとしても「これとこれを組み合わせるのはどうかしら?」なんてしたたかに提案するところなのですが、あいにくバアチャンは外出中です。ジイチャンに店番を任せ、商品をあっちに運ぶだのこっちから持ってくるだの、時にはお客さんの家に行って電球を交換したり網戸を張り替えたり、地元のスーパーに出向いて包丁を研いだりと、毎日毎日それこそ働き者のツバメのように町中を飛び回っています。

お客さんの雌は眉尻を下げ、すっかり困った様子で黙り込んでしまいました。ジイチャンもあれやこれやと焦って商品を紹介するのですが、うまく話がつながりません。すると店の二階から、木の階段を下りてくる柔らかい足音が聞こえてきました。

「箒をどこでどんな風に使うのか、教えてもらってもいいですか。それによって、おすすめできる商品も変わるので……」

半袖《はんそで》シャツとジーンズ姿の茂さんが、ちょっと照れているような硬い顔つきでやってきました。つい先ほどまで頭が重いと言ってパジャマ姿で横になっていたのですが、店に出るために着替えたのでしょう。ただ、後頭部にぴょこんと寝癖がついています。

穏やかな茂さんのしゃべり口にうながされるように、雛はあわあわと忙《せわ》しなく手を動かしながら話し始めました。

「う、うちのアパートに巣を作ったツバメの……まだ羽が生えそろってないヒナが、地面に落ちてて、それで、戻してあげたいんです。なにか長い棒にざるとか箱とか、ヒナをのせられるものをくくりつけて、それに入れて持ち上げるのがいいかなって」

「なるほど」

嚙み締めるように言って、茂さんはジイチャンと目を合わせました。ジイチャンはうっすらと眉を寄せ、顎に手を当てて考え込んでいます。

「巣の位置にもよると思うんだが……どっちかっていうと箒やざるより、役に立ちそうなのは脚立《きやたつ》じゃないか？」

そうかも、と頷く茂さんの横で、お客さんの雛がぱちんと両手を合わせました。

「脚立！　ああそっか、思いつかなかった！　あ、でも、脚立って結構、高い……ですよね？」

「店の備品でよけりゃお貸ししますよ。命がかかってんじゃしょうがない。茂、行けるか」

茂さんは三秒ほど間を空けて、うん、と小さく顎を引きました。その頬が青白い気がして、アタシはジイチャンの足元から茂さんの足元へ移動します。スニーカーに覆われた足の甲にのって、茂さんを見上げました。お客さんが「わ、小さいニワトリ」とびくっとして飛びのきます。驚かせてすみません、ついでにアタシはチャボです。

「桜さん、どうしたの」

茂さんがしゃがんで体を撫でてくれます。どうしたの、は茂さんの方ですよ。アタシは茂さんの腕をのぼって、ぴょんと右の肩に乗りました。降りませんよ、という意思表示のため、少し服に爪を立ててその場にしゃがみます。玄米餅モードです。

「桜さんついてきてくれるの？」

はいもちろん。胸を張るアタシを、お客さんはずっと目を丸くして見ています。

「すごい、肩乗りなんですね。ニワトリってこんなになつくんだ」

「どうも……なつく個体とそうでない個体、色々みたいで、知り合いの農家のチャボは、気が荒くて飼い主を見るたびに突っついてたし……」

「ああ、その辺は人間と同じなんですね。相性とか、性格とか」

「たぶんそうです。だから、なつくものだって初めからあんまり思い込まない方がお互いのためっていうか……えっと」

　言葉を濁し、茂さんはうなじを掻きました。ジイチャンが店の奥の母屋へ通じる扉を指差します。

「茂、アレ持ってけアレ。ほら、バアチャンが手荒れしねえように、皿洗うときに使ってるやつ。むやみに素手で触らない方がいいだろ。野鳥だと菌も多いしよ。母屋の流しの下に入ってっから」

「使い捨てのポリ手袋か。わかった」

　茂さんは道具を集め、小脇に銀色のピカピカ光る脚立を抱えてお客さんについていきました。川平金物店から――そうですね、チャボの足なら三十分、人間の足で十分くらいの距離でしょうか。案内されたのは白っぽい二階建てのアパートの、外階段の裏側でした。

「あ、ララちゃん間に合った！　よかったー。もうさっきから、カラスや猫が来るんじゃないかってハラハラしてた。来たら来たでさ、自然のことだから手を出しちゃだめかなって思うじゃん？　もうずーっとハラハラ！　今年で一番心臓に悪い三十分だった」

「ロッカさんごめん！　お待たせしました」

　外階段のそばのゴミ捨て場の陰に、お客さんの知り合いらしい雌がしゃがんでカラカラと笑っています。ロッカさんと呼ばれたその人は、どうやらヒナを見守っていたようです。長いまっすぐな黒髪が、セグロセキレイの尻尾《しっぽ》みたいです。

「わ、お兄さん肩にニワトリのってる！　すごい。鳥の専門家？」

「いえ……金物屋です。ヒナはどうですか」

「大丈夫みたい。時々きょろきょろしてる。親もさっきまでそばの電線で見てたんだけど、今はどこかに行っちゃった」

　まだ羽がちょぼちょぼとしか生えておらず、ピンク色の地肌を覗かせたヒナは、真っ黒い目をしばたたかせて地面にうずくまっています。まだあまり周囲が見えていないのかもしれません。アパートの壁面上部、外階段の陰に隠れた位置に土を固めた巣があり、その縁から落ちたヒナよりもいくらか羽が多い兄たちが静かにこちらを見つめています。

「俺は下で脚立を押さえておくんで、お客さんが巣に戻してください」

「私がやるよ。ララちゃんにばっかり走らせちゃったし」

頷き、茂さんはロッカさんにポリ手袋を渡しました。手袋を両手にはめたロッカさんは、慎重にヒナを片手にのせて脚立にのぼり、巣内に残った三羽のヒナの隣にその子をすべり込ませました。戻されたヒナはもぞもぞとお尻を動かして巣の奥へと入っていきます。ひとまず無事なようです。

一部始終を見守っていたララさんがほっと息を吐きます。よく見ると首の辺りが汗だくです。うちのお店に入るまでに、ずいぶん走り回ったのでしょう。

「ああ、よかった。金物屋さん、ありがとうございました」

「いえ……ヒナが無事でよかったです」

「金物屋さんって、あの商店街の？」

「そう。もうめちゃテンパっちゃって……とにかく棒とかざるとか、そういうの探してこなきゃーって思って……で、たしか籠？　みたいなのを置いてるお店が、商店街のどこかにあったなーって」

ララさんの言葉に、茂さんが少し遅れて口を動かしました。

「あ、荒物屋が、昔はこの商店街にもあって……でもその人が体を悪くして、店を畳むことになったんです。それで、籠とか箒とか、近場で買えないと困るお客さんも多かったから、倉庫ごとうちが引き継いだんで、だから割と、なんでもあって」

「え、なに、アラモノヤ？　アラモノヤってなに？」

「うーん……家庭用品を売る店、ですかね。よろず屋なんて言い方もありますが」

　ふうん、と声をそろえたララさんとロッカさんは、わかったようなわからないような顔をしています。アラモノヤを見たことがないアタシも同じです。物静かで注意深い茂さんは聞き上手ですが、人にたくさんの情報を伝えるのはそれほど得意ではありません。特に知らない人としゃべるのは緊張するらしく、今もアタシがのっている肩がじわっと汗ばんでいます。

　アラモノヤがどんな店かはわかりませんが、アタシが時々隠れて遊んでいる枯れ草を編んで作ったような籠は、きっとアラモノヤから引き継がれたものなんでしょうね。楽しそうな場所ですアラモノヤ。行ってみたいなアラモノヤ。

　ロッカさんは、ララさんが金物屋から脚立を有料でレンタルしたんだと思っていました。

店の備品を持ってきただけなんで無料でいいです、と茂さんが言うと、ロッカさんは大きく目を見開き「だめですよ！」とはっきりとした口調で断りました。

どきん、と茂さんの心臓が高鳴ったのが、のっている肩から伝わります。

「道具をお借りした上に、営業中のお店の方を三十分近く拘束して、なんのお礼もしないなんてとんでもないです。ちょっと待っててください。ララちゃん、お店の人は二人？　お昼は二人分でいいのかな？」

「うーんと、私が会ったのはこちらのお兄さんとおじいさん。他に、ご家族の方はいらっしゃいますか？」

「……祖母が。けど、日中は戻らないので」

「わかりました。えっと……」

ロッカさんは周囲を見回し、小走りに商店街の奥へと向かいました。子供たちがよく遊んでいる明日町公園のすぐ手前、オレンジ色のひさしを出した店に入っていきます。あそこは、たしか中年のつがいがやっている弁当屋ですね。サバの味噌煮《みそに》が塩分控えめなのにおいしい、血圧が気になるからありがたい、とバアチャンが気に入っている店です。

五分ほどでロッカさんは弁当屋から出てきました。手には四角く膨らんだ白いレジ袋を提げています。

「今日のおすすめだったハンバーグ弁当とアジフライ弁当です。お二人で召し上がってください」

「ああ……はい」

「本当に助かりました。もしあのヒナを戻せなかったら、これからアパートに出入りするたびに後味の悪い思いをするところでした。お忙しい中、手伝ってくださって感謝します」

ロッカさんは花盛りの向日葵《ひまわり》のように明るく笑っています。しかしぎこちなく弁当を受け取る茂さんの心臓の鼓動は速いままです。ロッカさんとララさんは金物店にも顔を出し、ジイチャンにも丁寧に挨拶をして帰っていきました。

「気持ちのいい姉さんたちだったなあ！　お、『おまち堂《どう》』の弁当じゃねえか。ハンバーグとアジフライか、こりゃいいや。茂、お前、どっち食……」

「ちょっと上に行ってくる」

脚立を片づけた茂さんは、ジイチャンと目を合わせずに二階に上がりました。布団を敷いたままの和室に戻るとアタシを肩から下ろし、机の上の白い紙袋から錠剤を取り出し、ペットボトルの麦茶で飲み下します。

だめだな、とぼそっと呟き、茂さんはその場にしゃがみました。

なにがだめだったんだろうなあ、とアタシは時々考えます。

ツバメの四兄弟はそれから末っ子も含めて元気に育ち、家族で南の海へ飛び去りました。

これまで金物屋を利用したことがなかったというララさんとロッカさんは、その後も店を訪ねてくれています。二人は一緒に暮らしている雌同士のつがいで、それぞれのお仕事のかたわら「いんたーねっと」上に二人でギターを演奏する映像を配信している音楽家でもあるのだとか。店で買った鬼おろし器を使い出してから大根おろしがめっぽうおいしく、週に五本は食べる勢いでおろし続けている、と喜んでいました。

茂さんのおかげで、いろんな生き物がいい気持ちになったのに、茂さんにとってあの日は「ちょっとだめな日」みたいな感じになっているのが切ないところです。特にロッカさんに対する苦手意識が残っているようで、彼女がいるときはあまり店に顔を出しません。そしてロッカさんを避けている自分に対しても少し苛立っているような、もどかしさが顔に出ています。動作が機敏で、ハキハキと明瞭な声でさえずり、物怖じせずに人へ近づく強気なセグロセキレイみたいなロッカさん。これはいい、これは悪い、と白黒パキッと分けて実践する生き方に、玄米色のアタシはちょっと憧《あこが》れます。

　診療所の帰りに近くの薬局で処方された薬を受け取り、川平金物店へ戻ります。その間ずっとアタシは茂さんの肩に乗ったままです。最近じゃ商店街の人もすっかり慣れて、桜さん今日ももちもちね、なんて世間話のついでにお腹を撫でていきます。この商店街のマスコットキャラクターが、片耳の折れた白いうさぎからラブリーなチャボに代替わりする日も近いですね。ハハン。

　金物店に戻ると、久しぶりにバアチャンが店に出ていました。なにやら分厚い商品カタログを開いて、近所のパン屋の店主と話し込んでいます。パン屋の店主はバアチャンよりいくらか若い雌です。体中に気力が充実していて、腕が力強そうに張っています。

「できれば前とおんなじパン型がいいんだけどな」

「あれはもう工場が閉まって、製造を終了してるんだよ。似たような焼き上がりだとおすすめは……ん？　ちょっと待って、もしかしたら知り合いの倉庫に在庫があるかもしれない。古いパン型がかなりあるって言っている人がいたよ。聞いてみるから、何日か返事を待ってもらってもいいかい？　――あ、茂、ちょっと！」

　お客さんに会釈して二階に上がりかけた茂さんを、バアチャンが呼び止めました。母屋の方向を指差しています。

「渉《わたる》と陽子《ようこ》さんが来てるよ。今ジイチャンとお昼食べてる。あんたも顔みせておいで」

　茂さんは数秒足を止め、心なしか鈍い足取りで母屋の方へと向かいました。

　お店と同じくらいに古い、木造の母屋の引き戸を開けると、居間から賑やかな笑い声が響いてきました。茂さんは黙って襖《ふすま》を開けます。出前のお寿司を囲んで談笑していた大人三人がこちらを向きました。そのうちの一人はジイチャンで、他の二人は座る距離の近さからつがいっぽく見えます。雌の方は茂さんと顔の作りがよく似ています。座卓にはビール瓶が置かれ、三人で昼間から宴会をしていたようです。

　スーツを着た赤ら顔の雄が茂さんを見て目を見開き、ぶはっと手を叩いて笑い出しました。

「なんだ茂、肩にニワトリなんかのせて！　お前……アタマおかしくなったってのはホントだったんだな！」

「父さん……」

「くだらねえウケ狙わなくていいから、早くこっち来い！　寿司食え、ほら」

　アタシは、その動作が大きく騒々しい雄が、茂さんの父親だということがまるで呑《の》み込めませんでした。

　ジイチャンはニコニコと笑い、よお社長、それで景気はどうだい、なんて言いながら息子のグラスにビールを注ぎます。お父さんの関心を、なんとか茂さんからそらそうとしているようにも見えます。アタシもお父さんを刺激しないよう、ひとまず茂さんの肩から降りました。

　だいぶ酔いが深く、脈絡のあやしいお父さんの話をつなぎ合わせると、茂さんのお父さんは若い頃から、みんながニコニコして食事をしている景色が好きで、飲食店経営に憧れがあったのだそうです。長い間トラックの運転手をしてお金を貯め、料理人の陽子さんとの出会いをきっかけに念願だったレストランを開いたものの、なかなか経営がうまくいかず、撤退。それから十年ほど友人のお店を手伝ったり別業種の会社に勤めたりと試行錯誤を続け、ここが勝負所だ、と四十過ぎに国道沿いに安価で親しみやすい定食屋をオープンし、苦労の末にお店を軌道に乗せた。今では六つの店舗を経営している、れっきとした社長なのだとか。

「俺みたいな苦労をさせないために、わざわざ大学に行かせたのに。お勉強なんざ、結局なんの役にも立たねえな」

「……ごめん」

「小せえ声で謝ってんじゃねえよ！　まったく、なにも黙って辞めることないだろうが。一声かけてくれれば、どうとでもしてやったのに」

　大体お前は鈍くさくてだめなんだ経歴に穴空けてどうするつもりだこんな古い金物屋でくすぶってたってなにも解決しねえぞ昔っからてめえの人生切り拓《ひら》くだけの覚悟が足りないんだお前には！　お父さんは寿司を食べ、ビールを飲み、バアチャンかジイチャンが用意したらしい弁当屋の総菜をつまみ、さらにビールを飲んでリズムよく茂さんを叱ります。茂さんはビールにもお寿司にも口をつけずに座ったままです。たしかにお母さんもジイチャンも、お父さんのそばではニコニコしています。うまくニコニコできないのは茂さんとアタシだけです。みんながニコニコして食事をしている景色が好きなお父さんは、だから茂さんを叱りつけて変えようとしているのでしょうか。

それにしてもお父さんの声、響きますねえ。耳がわんわんします。茂さんはこんなにわんわんする場所で大きくなったんですね。お父さんの声が大きい分、茂さんは物静かになったんでしょうか。

「おい渉、飲みすぎだ。茶ぁ出してやるから、少しペースを落とせ」

ジイチャンがお父さんの肩を叩き、腰を浮かせます。するとお父さんは我に返ったように「あ、そうだ」と切り出しました。

「それでお前、来週からうちの事務所に来い。英語を使える事務員が足りないんだ。大学出だ、パソコンくらいは打てるだろう?」

茂さんの体がぴくりと震えます。お父さんが黙ると、途端に部屋の空気が重くなりました。そういえばお母さんは、相づちを打っているばかりでなんにもしゃべりませんね。

茂さんは顔をしかめ、口を少し開けて、また閉じました。眉間にしわを寄せて、まるで……まるで一番具合が悪かった頃、会社を辞める間際の、天井を見上げて泣いていた日と同じような顔をしている。

そう思った瞬間、アタシは畳を蹴って茂さんの背中に飛びつきました。羽を開いて駆け上がり、茂さんの右肩にしがみつきます。高所をとり、羽を膨らませ、お父さんを睨んで威《い》嚇《かく》します。

「さ」

茂さんの口が動きました。まるでアタシがお父さんに飛びかかるのを抑えるように、アタシの体にてのひらを当てます。

「さ、さ、桜さんと一緒なら、いい……けど」

茂さんのお父さんはあっけにとられた様子で目を見開き、またぶはっと噴き出しました。今度は手ではなく畳を叩いています。

「そういうくだらねえギャグはいいんだよ！　ああくだらねえ、くだらねえ、トイレ行ってくるわ」

お父さんは重たげに体を起こし、壁に手をついて居間から出ていきます。ジイチャンが肘で小さく茂さんの体を小突きました。

「茂、もう向こうに戻ってろ。あとは適当に済ませるから。どうせ酔いが覚めたら自分がなに言ったかも覚えてねえよ」

茂さんは短く目を泳がせ、小さく頷いて席を立ちました。

「茂」

母屋の玄関先で呼び止める声がありました。動くたびにつやっと光る、百合《ゆり》の花びらみたいなきれいな色合いの服を着たお母さんが小走りでやってきます。

「お父さん、不器用だからあんな言い方しかできないけど、茂を心配してるんだよ。あんまり意地を張らないで、ね？」

とっても柔らかい、優しそうな声です。でもそれが本当に優しい言葉なのか、アタシにはよくわかりません。人間はよくややこしいしゃべり方をするからです。茂さんは一度足を止め、考え込んでから言いました。

「二人が貯めたお金をたくさん使ってもらったのに、いい息子になれなかった。ごめんなさい」

お店の二階に戻った茂さんは明らかに顔色が悪く、目の下にべったりと隈《くま》が浮かんでいました。アタシを畳へ下ろし、辛いときに飲むように橘先生から言われているお薬を二錠飲みます。パジャマに着替えてお布団に入り、アタシの方へ手を伸ばしました。

「桜さん、ありがとう」

アタシは茂さんの指先をそっとつつき、それから枕のそばに座りました。

こういうのは波がある、と師匠は言っていましたが、先日のお父さんとお母さんの訪問はなかなかの大波でした。

茂さんはまた調子を崩し、次の診察予定日よりも少し早めに明日町診療所を訪ねました。診察室の扉越しに、あれこれと話し込む声が聞こえてきます。子供の頃の話もしているようです。

「桜ちゃん、師匠に会いに行く？　今日は朝からご機嫌だよ。ずーっとおしゃべりしてて、庭に小鳥がいっぱい集まってるの」

診療所の受付の鶴田さんがうながします。まるで口の中においしいものでも隠しているような、ふっくらとした柔らかい笑い方です。師匠の話をするとき、この診療所の人たちはいつもこんな顔をします。えー、師匠がご機嫌だなんて、そんなのいつものことじゃないですか。

「いいなあ桜ちゃん。私も、師匠がかわいい声でどんなおしゃべりしているのか聞いてみたいよ」

このあいだは診療所の藤木先生がゴミ出しに行った際、ちょうど真上の電線に止まっていたカラスから頭にフンを落とされていた、という話で庭の爆笑をさらってました。最近小鳥たちの間で、診療所のみなさんの頭にフンを落とそうとする遊びが流行《はや》っているのは師匠のせいです。どうかお気をつけて。

まあ、せっかくなので顔を出しに行きますか。アタシはまた待合室から縁側を回って、師匠の暮らす居間へ向かいました。

『おっ、桜ちゃん！　なんだ、今回はやけに早いな』

チュピー、チュチュチュチュッ、ピッ。師匠の声は、今日も晴れた日のお空のように透き通っていて気持ちがいいです。遠くまですうっと響きます。

『茂さんの具合が悪くて、少し早めに来たんですよ』

クー、クックック。アタシは喉を鳴らして答えます。アタシはすごくびっくりしたときや助けを呼びたいときでない限り、大きな声で鳴くことをしません。静かにしている方が落ち着くんです。いつもなにかに話しかけていたい師匠とは正反対ですね。

『そりゃ大変だ。まあゆっくりしていけよ。おーいご主人！　桜ちゃんにもさっきのやつ！』

　ピチュルルル、チュルルルル！　と師匠が廊下の方向に大きな声で鳴きます。すると「どうしたどうした」と億劫《おっくう》そうな感じで、籠いっぱいの洗濯物を抱えた藤木先生が顔を出しました。

　藤木先生は顎にちらほらと髭を生やした中年の雄です。茂さんの担当をしている橘先生と日替わりで診療所の仕事をしています。橘先生とはつがいの関係にあるようで、時々こちらに忘れ物を取りに来た橘先生と自然な動作で口を合わせています。これが人間の求愛行動のようです。セキセイインコと同じですねえ。吐き戻した食べ物を分け合うのは割とよくある愛の表現です。人間もしっかり流行を押さえてますね。

　藤木先生はいつ会っても髪はぼさぼさで、食べこぼしのついた部屋着姿なのですが、そもそもアタシがここに来るのはいつも橘先生が担当している日なので、自分が診療所に出る日は藤木先生もちゃんとした格好なのかもしれません。

「おかわりはなしだ。食いすぎだよ師匠……おや、お客さんか」

　コンニチハ、と師匠ならがんばれば人間のしゃべり方で挨拶できるのですが、アタシは代わりにクウと喉を鳴らしました。藤木先生は師匠のケージに入っているのと同じ、青々としたカブの葉っぱを一切れアタシにくれました。

二羽で葉っぱをつついていると、複数の軽い羽音が立ちました。目隠しシート越しに、十数羽のスズメの群れがやってきて庭木に止まっているのが見えます。まだ巣立ったばかりの、シルエットがふんわりとしたあどけない若鳥がチチュン、チチュン、とぎこちなく話しかけてきます。

『かぜさま、かぜさま、おはなし、して』

風さま？　不思議な呼び方ですね。

喉を鳴らして師匠に聞くと、照れたように『俺がただの鳥だって、いくら言っても信じねえんだ』と返されました。なるほど、外の鳥たちは師匠の姿が見えず、さらにセキセイインコも野外ではなかなか出会わないため、特別な存在みたいに思われているようです。

それにしても風さま、なんて素敵な呼び方ですね。たしかに師匠のさえずりは、羽をくすぐっていく心地よい風のようです。

師匠は上機嫌で話し始めました。ツバメ四兄弟の甘えっこの次男が、巣立ったあともなんども巣に帰って親鳥に餌をねだり、怒った母鳥に追いかけ回されていた話。巣を巡って取っ組み合いの喧嘩をし、二羽そろって水たまりに落ちてずぶ濡れになったムクドリの話。師匠は町中の鳥たちのおしゃべりが聞こえるというほど耳がよく、楽しい話のたねをいくらでも持っています。耳がよくて、おしゃべりが上手で、具合が悪そうな鳥には声をかけるほど優しくて目端の利く、とてもいいインコです。どうしてでしょう。アタシはいつも師匠のおしゃべりを聞いていると、眠りたくなります。体の芯にある硬い気持ちや怖い気持ちがふうっとほどけて、楽になるのです。

　ぼんやりした頭で、なぜか思い出すのは昔のことです。師匠が——師匠が、アタシの群れのリーダーだったらよかったのになあ。群れといっても、もうほとんど顔ぶれは思い出せませんが。アタシは昔、もっとたくさんの仲間と、狭い空間で暮らしていました。覚えているのはその場所がとても暮らしにくい場所だったこと、育つのが遅いアタシは周りの仲間からつつかれ続けていたこと、そしてその場所が恐ろしい獣《けもの》に襲われ、狭い隙間に体をねじ込むようにして逃げたときの体の痛みだけです。

　師匠みたいな鳥が群れのリーダーだったら、ヒナの頃のアタシはもっと楽に生きられたんじゃないかなあ。

きっと外の鳥たちも似たような気持ちなのでしょう。いつのまにかスズメの団体以外にもたくさんの小鳥がやってきて、あれこれと賑やかに鳴き交わしています。師匠に話をねだる鳥もいれば、逆に遠くで見た珍しい景色について師匠に話す鳥もいます。

ピチュ、チュ、ピチュ、と師匠がとても小さな、内緒話みたいな小さな声で、うれしそうにさえずりました。

『桜ちゃん俺はな、賑やかなのが好きなんだよ。今日みたいな、だんだん空気が乾燥してきたなって時期は特にそうだ。たくさんの仲間と一緒にいたいって気分になってくる。心の中に強い風みたいなものが吹いてな、それがどんどん大きくなって、空まで広がっていく気がするんだ』

それは、アタシにはよくわからない気持ちでした。空を飛んで暮らす鳥と、地面を歩いて暮らす鳥の違いでしょうか。もっともアタシみたいなチャボも、木の高さくらいまでならその気になれば飛べるのですが。師匠はケージから出たら、いかにも空の彼方《かなた》まで飛んでいきそうな体つきをしています。

師匠は急に、不思議な声でさえずり始めました。リズムがあって、遠くまで響く、なんだか体がムズムズするような鳴き声です。

ちいさなものたち、とべ、とべ、とべ
のどがかわいたぞ、とべ、とべ、とべ
はらがへったぞ、とべ、とべ、とべ
あつまれ、あつまれ、とべ、とべ、とべ
そらはおれたちのものだ
そらはおれたちのものだ
あつまれ、あつまれ、とべ、とべ、とべ

そらはおれたちのものだ、おれたちのものだ

ふわりと浮き上がるような、自分がみるみる大きくなって空いっぱいに広がったような、強くてたくましい生き物になったような、そんな強烈な気持ちよさが急に体の奥から込み上げてきて、アタシはぶるっと身震いしました。

師匠はきっと、本当にリーダーなのです。セキセイインコの群れなんてものがあるとしたら、美しい歌声で仲間をまとめ、空を渡っていく特別な個体なのです。

庭の熱狂はものすごいものでした。そうだ、そうだ！　かぜさま、かぜさま！　空は俺たちのものだ！　歌に惹かれて集まったたくさんの小鳥たちが興奮して声を上げています。師匠はうっとりと幸せそうで、アタシはあまりのできごとに呆《ほう》けていて

——だからその存在に、まったく気づきませんでした。

空から庭へ、突き刺さるような角度で飛来したその鳥は、あっというまに飛び方のおぼつかないスズメの若鳥を捕らえて去っていきました。その場にいた小鳥たちが一斉に飛び立ちます。あまりの恐ろしい光景に、アタシも思わず羽ばたきました。

——キョエッキョエッキョエッ！

獲物を捕らえた喜びをにじませる高鳴きは、モズのものです。ああ、そうですね。小鳥たちがこれだけ集まったのだから、それを狙う鳥ももちろんやってきます。洗濯物を干し終わった藤木先生が顔を出し、尻餅をついているアタシに驚いた様子で歩み寄りました。

「どうしたどうしたニワトリちゃん。具合悪いのか？　あ、なんだ、違うのか。まぎらわしいな」

モズの襲来に驚いたアタシは、とっさに両羽を広げてどこかに飛ぼうとして――それができずに情けなくひっくり返りました。アタシは飛べないチャボなのです。初めにいた場所から逃げたときにどこかにぶつけて、羽の具合が悪いまま大きくなりました。

先ほどまであんなに賑やかだった庭に、小鳥の姿はもう一羽もありません。

師匠にお話をねだった若鳥はさらわれてしまいました。

『桜ちゃん悪いな、店じまいだ。今日はもう帰ってくれ』

師匠は深く深くうなだれて、ジュピッと小さな声で鳴きました。

お日様の力がだんだん弱くなり、一時期は目玉の奥まで染めそうなくらい青かった空の色が、日ごとに薄くなっていきます。赤茶けた葉がひらひらと落ちて、散歩していても気軽につまみ食いできる虫の数が減りました。なんだか心細い季節です。木の実がたくさん生っているので、空を飛ぶ鳥たちは今が食いどきとばかりに盛り上がっていますが。

時には商店街の方まで響いていた師匠のさえずりは、あの日以来ぱたりと絶えています。『凪さま、いなくなっちゃったね』とハトが噂しています。茂さんは夏から少しずつ量を減らし体への影響を軽くしていたお薬を、橘先生と相談して一つ前の処方に戻したようです。なかなか元気になれない、と落ち込んでいます。

波……波って辛いですね師匠、とアタシは心の中で呼びかけます。師匠も今ごろ、辛い波に揉まれているのでしょう。

しかしまあ、内部にどれだけ波が押し寄せても、それをおくびにも出さずに開いているのがお店ってものです。横になっている茂さんの代わりに、アタシも少しはお店を手伝いましょうか。

茂さんには、いろはちゃんという小学生のいとこがいます。夏休みの間に、いろはちゃんは小さく切った画用紙に「えいぎょうちゅう」とマジックで字を書き、毛糸を端に留めた首かけ看板をアタシ用に作ってくれました。その看板をつけてお店の前をうろうろしていると、道行く人がずいぶん喜んで中に入ってくれるのです。写真も撮られて、ご近所の話題になっていました。久しぶりにやりますかねえ。

一階にお客の姿はなく、ジイチャンはレジであくびをしていました。外の通りも、ほとんど人が歩いていません。

あっ、今日はいかにもだめな日ですね！　こういう日は無理をせず、のんびりしましょう、そうしましょう。ジイチャンもあまりに暇みたいで、わざわざ近づいてきてアタシを抱き上げ、またレジに戻って膝にのせました。

「よお桜、こないだはかっこよかったなあ！」

なんのことでしょう？

「茂の肩に乗って、ぐぐって睨みつけてよ。伊藤若冲《いとうじゃくちゅう》のニワトリかと思ったぜ」

ジイチャンはよくわからないことを言って、アタシの体にぽんぽんとてのひらを弾ませます。

「息子相手に情けない話だけどよ、俺はあいつに弱くてな……自分はあやうく店を潰しかけたってのに、息子がまさか身一つで社長になるなんて思わねえだろ？　あ、渉も陽子さんに助けてもらったのか。じゃあ身一つじゃねえな。俺がバアチャンに助けてもらったのと同じか。でも、成功の規模がちがわあな……。昔はもう少し言うことも柔らかかったのに、あいつも変わったなあ。どうしてああなっちまうんだろうなあ」

　ため息交じりに、ジイチャンの独り言は続きます。

「俺は茂が不憫《ふびん》でな。昔っから、要領は悪いけど真面目で、勉強もしっかりやってた。妙に繊細でな、身近に困ってそうな奴がいると、ずっとそわそわ気にしてるんだ。前の仕事だって、きっと真剣にやっただろうさ」

　茂さんは毎日すごくがんばってましたよ。アタシはクウと喉を鳴らしました。

「そりゃ、俺だってそれなりに真剣にやったよ。ただ、俺が商売を続けられてるのも、食うに困ってねえのも、あいつみてえな辛い病気を抱えないで済んでるのも、バアチャンに会えたのも、なにも俺の真剣さだけでなんとかなる話じゃない。たまたま今まで運があったってのが、本当にでかいって思うんだ。運のあるなしなんてほんと、身も蓋《ふた》もねえもんだ。それなのに、てめえの運の良さも自覚しねえで茂に向かって、人生を切り拓くだけの覚悟が足りない、だなんて、よく言えたもんだ。そう……腹ぁ立ったのに、言えねえんだ。身代を潰しちまった俺の末弟の子供の進学費用を、渉に出してもらった恩がある。俺はいつだって半端もんだ……本当に、どうしようもねえ」

おや、ジイチャンも落ち込みモードです。やっぱり今日はだめな日ですね。アタシはジイチャンの膝からぴょんと飛び降りました。

茂さんもジイチャンも落ち込んでいますが、アタシはなぜだか元気でした。少し前まではうれしい気持ちも悲しい気持ちも、なにもかも茂さんとつながっていて、そばにいるだけで染み込んでくる感じがしたものですが……アタシの体の中で、ふくらんだりしぼんだりする得体のしれない力のリズムのようなものが生じていて、そちらの方がむしろ気になるというか……おや？　こんなようなことを、そういえば師匠も言っていましたね？

ともかくアタシは元気で、むしろ少し落ち着かない気分でした。漠然と安心できる場所に行きたくなり、また階段を上って二階に戻ります。ベランダへ通じる掃き出し窓のそばのカーテンの陰に隠れ——見えない力の波が立ち上がるリズムに合わせて、体に力を入れます。いつものようにそれは少しずつ押し出され、最後はなめらかに体からこぼれ落ちました。

いよっしゃあ！　達成感が込み上げ、羽ばたきます。興奮が治まらず、ふんふんと鼻息荒くそこらを歩き回っていると、茂さんがカーテンをめくってこちらを覗きました。

「桜さんすごいね。絶好調だ」

そうでしょうそうでしょう！　見てください、この美しい曲線とつや！　茂さんこれ好きですものね。いいですよ、持っていって。

「桜さんの方が、今の俺よりずっと生産的だ」

セイサンテキってなんですか？

茂さんはカーテンの陰から産みたての卵を取り出すと机の上の小さな竹籠に入れました。いつもしばらくそこに置いて、乾かしているみたいです。

「なんだかなあ」

気だるそうにため息をついて、茂さんはその場に座ります。アタシは卵を産んだあとはお腹が減って仕方がありません。茂さん……寝ないんですかね？　寝ないなら散歩に行きましょうよう！　ミミズが食べたいんです、ミミズ。公園に行って、スコップでちょっちょっと土を掘り返してもらえませんか。

クウクウと喉を鳴らし、階段のそばで足踏みをしたり羽ばたいたりして誘います。茂さんは不思議そうにこちらを眺め、畳に手をついて立ち上がりました。

「外に行きたいの？」

そうです、そうです！　さすが茂さん。

「そうだな……行こうか。座ってても、体がなまるだけだもんな」

パジャマを脱ぎ、襟付きのシャツに袖を通す茂さんの背中を見ながら、アタシはうれしくて何度もジャンプをしました。

茂さんはバアチャンの自転車を借りてきました。ずいぶん古い、持ち手がついた蓋つきバスケットを倉庫から見つけてきて、中にアタシを入れ、さらにそれを自転車の前籠にのせます。どうやら、いつもの明日町公園より遠くへ出かけるみたいです。

籐の編み目の隙間から外を覗きつつ、ガタゴトと揺られること十数分。着いたよ、と取り出されたのはこれまでに来たことのない、穏やかな川のそばに作られた公園でした。川沿いに遊歩道が整備されていて、近所の人のお散歩コースみたいです。アタシはさっそく近くの茂みをつついておやつを探し始めました。茂さんは穏やかな顔つきで川を眺めています。

「桜さん、カモが泳いでるよ。二羽とも茶色だ。雌の友達同士かな」

んん？　違いますよう。あのオナガガモは、片方は雄ですね。雄のカモは暑い時期が終わって本格的に寒くなるまでの短い間だけ、雌そっくりのすごーく地味な格好になるって師匠が言ってました。いつも強気なおしゃれ番長も、ちょっとは休憩したいんですかね？　もう少し寒くなると、またシュッとした派手な羽に着替えてナンパし始めると思いますよ。

　アタシの言っていることは茂さんには伝わりません。でも、楽しくおしゃべりしているってことはちゃんと伝わります。茂さんに時々撫でてもらいながら河川敷をお散歩し、ミミズや草の実や小石、素敵なものをたくさんついばむのは幸せな時間です。草がしゃらしゃらと擦《こす》れる音、風の音、川の音、アタシと茂さんの足音。賑やかな町中に比べて、ここは細かな音がとてもよく聞こえます。

「なんだあの鳥」

　だから茂さんが戸惑う声もよく聞こえました。アタシは草むらから顔を上げ、茂さんと並んで川の方向に目を向けます。

やけに派手な——え、なんですかあの鳥、ほんとに派手ですねえ。しかも大きい！　顔が真っ赤で頭が白くて、体は黒と白のまだら……いやあ派手ですねえ！　隠れる気とかゼロですね。とにかく変わった見た目の鳥が、川面《かわも》で羽を整えていました。

「七面鳥？　いや、キジの仲間かな？」

くちばしが平べったいし、アヒルの仲間じゃないですかねえ。

「動物園から逃げてきたとかじゃないよな。迷い鳥の情報出てるかな」

たしかに人間に飼われていてもおかしくないような派手さです。その不思議な鳥は、ちらりとこちらを見て、驚かれるのは慣れているとばかりにクールな仕草でそっぽを向きました。茂さんは人間たちがよく使っている、ピカピカする板みたいな「すまほ」を指先でいじり始めました。どうやら謎《なぞ》の鳥の写真を撮っているようです。

遊歩道の先から、あああーん、と水っぽい泣き声が聞こえてきました。まだ小さな男の子が泣きながら遊歩道にひっくり返り、足をばたつかせています。両手にスーパーのレジ袋を提げた雄がそばにしゃがんで声をかけていました。

「ベビーカー絶対乗らないって言ったのはだーれーでーすーかー。ちゃんと歩いてくださーい！　父ちゃん手ぇふさがってんもん。抱っこは無理でーす」

ふやあああああっ！　こうして聞いていると、人間の子供の泣き声は喧嘩中の猫の声そっくりですねえ。父親は疲れた様子でその場を離れ、こちらに歩いてきます。そしてなにげなく川に目をやり、ぱっと表情を輝かせました。

「おい隼人《はやと》！　バリがいるぞバリが！　早くおいで、かっこいいぞ！」

涙で頰に土埃をつけた男の子が急に泣くのをやめて、ばり、ばり、と呟きながらやってきます。謎鳥を見つけ、キャー！　とうれしそうに両手を上げてジャンプします。え、大人気なんですかあの鳥。

賑やかな親子連れへ、少しためらいがちに茂さんが声をかけました。

「す、すみません。あの鳥、なんて鳥ですか？」

父親がああ、と頷いて答えました。

「バリケンですよ」

「バリケン……」

「前はもっと上流の河川敷に五羽ぐらいで暮らしてたんですけど、つつかれてたみたいで。一羽でこっちに移ってきたんですね」

「はあ……野鳥なんでしょうか」

「どうなんですかね？　ここ何年かは見かけますよ……って、えっ、ニワトリですか！」

茂さんと話していた父親が足元のアタシに気づいて少しびくっとしました。すみません、草の中にいたんでわかりにくかったですかね。

「大丈夫です、うちのチャボで……桜さん、おいで」

茂さんに両手で抱っこされます。子供が目をまん丸くしてこちらを見ています。

「隼人すごいな、チャボだって」

「ちゃお」

「そうだな、チャボだ。小さいニワトリさんだ……ん？　チャボの桜さん？」

父親はまじまじとアタシを見つめます。

「もしかしてこのチャボさん、商店街のマスコットキャラクターかなにかやってます？」

「えっ？　いや、うちの商店街のマスコットキャラクターは白いうさぎです」

「あれ、そうですか。おかしいな、どこかで……うちの商店街ってことは、どこかのお店のチャボさんですか？」

「ええと……一応、金物屋のチャボです」

「ああ！　明日町商店街の、金物店の桜さんか！　ＳＮＳでバズってるの見ましたよ。こう、首に手作りの『えいぎょうちゅう』って小さい看板さげてる画像。うちにもこういう子がいたらいいのにって、妻と話してたんです」

おや、ということは、この人もなにかのお店をやってるんですかね。

「隣の二日町《ふつかまち》で日用品の店をやってます、久保田《くぼた》です。どうも」

父親は照れくさそうに首に手を当てて、浅く頭を下げました。

「……か、川平です」

茂さんはぎこちなく言って、驚いた顔でこちらを見ました。

「桜さん、そんなに有名になってたの？」

そりゃあもう、この辺りで一番ラブリーでキュートなチャボですから。「えすえぬえす」とかよくわかりませんけど。

フン、とアタシは得意な気持ちで胸を張りました。


一羽だけ流れ着いたバリケンが、どうして茂さんの心をとらえたのか、アタシにはよくわかりません。ただ、なにか感じるものがあったようで、それから茂さんはアタシを自転車にのせて、よく河川敷の公園を訪ねるようになりました。一羽で静かに過ごしているバリケンを眺め、ポットに入れて持参したコーヒーを飲んで休憩します。ときどき、買い物帰りの久保田さんとその息子さんの隼人くんにも会います。河川敷には野鳥観察を目的に訪れる鳥好きの人も多く、アタシを見つけるとちょっと驚かれるものの、いやな顔はされませんでした。

「チャボの兄さん魚食うか？　つーか兄さんにっていうより、チャボちゃんにだな。魚のアラを茹《ゆ》でて食わせてやると喜ぶし、卵の味が濃くなるよ」

　川で釣りをしている人にそう言われて、小魚を五尾もらったこともありました。金物店の母屋の台所で、茂さんはぎこちなく魚をさばいて天ぷらにし、ジイチャンバアチャンにふるまいました。アタシにはもちろん、新鮮で濃厚なアラの水煮です。

　バリケンは野鳥愛好家には面白がられるのですが、ただの通行人からは驚かれたり、少し気味悪がられたりしていることの方が多いようです。顔が赤いのが怖いんですかね？　そんなバリケンを、茂さんはぼんやりと、リラックスした顔つきで眺めています。――明日町商店街は、間違いなく辛い思いをした茂さんを温かく受け止めてくれた場所です。でもあの場所では、茂さんはずっと「気の毒な金物店の孫」というイメージから逃げられません。もしかして茂さんは、誰も自分を知らない場所で一人になりたかったのかなと、アタシは商店街ではけっして見られない茂さんの横顔を見て思いました。

　ある日のことです。キュ、キュと、やけにかわいらしい小さな声がするなと思ったら、バリケンがアタシに向けて話しかけていました。警戒しつつ近づいて、クク、と鳴き返します。

『アンタなんでいつも人間と一緒なの？　すっごく変な鳥がいるって、ここらの水鳥の間で噂になってるよ』

　まさか！　変な鳥を見に来ているつもりだったのに、アタシの方が変な鳥として見られていたとは！

　軽くショックを受けつつお返事します。

『アタシは茂さんと一緒に暮らしているんですよ』

『ふーん。なんで？　人間なんて飛べないし、羽もなくてぶっさいくだし、一緒にいてもつまらないよ。そんなの放っておいて、アンタも好きにすればいいのに』

バリケンの――おそらくお姉さん、の言うことは他の多くの野鳥がアタシを見て思うことなんでしょう、きっと。

どうしてアタシが茂さんと一緒にいるのか？

すごく難しいことを聞かれた気がして、うまく答えられません。

ただ今ここにいる理由は、なんとか答えられます。

『一緒にお散歩するのがいいんですよ』

『へえー』

バリケン姉さんは明らかに呆《あき》れていて、なんならちょっとコイツやばいわみたいな感じでアタシから目をそらし、羽の掃除を始めました。

一緒にいて気持ちのいい感じって、どう伝えればいいんですかね？

言われてみれば茂さんは羽もないし、ぬるっとした間抜けな姿の生き物です。でもアタシを――アタシたちを見て、なにかを感じ、うれしいとか悲しいとかの気持ちを体の中で弾ませていて、そんな茂さんとアタシの、いいな、今はいい時間だなっていいう気持ちのリズムが合うと、すごくいいんです。

ある日、安心できる素敵な暗闇《くらやみ》が砕け、アタシはこの世に放り出されました。それから辛いことも痛いこともたくさんあったけれど、それでも、ここにいるのがうれしいって思えるんですよ。

『茂さんはお姉さんのファンで、だからよく見に来てるんです』

『えっ、そうなの？　人間ってそんな高等なこと考えるの？　えー！　見る目あるじゃない』

バリケン姉さんはキュ、と得意げに鳴き、茂さんへ向けて大きく羽を揺らしました。きっとサービスなのでしょう。

ベンチでコーヒーを飲んでいる茂さんに近づくと、茂さんはいつも通りアタシの体をぽんぽんと撫でました。

「桜さん、もしかしていまバリケンと話してた？」

はい、なかなか気さくなお姉さんでしたよ。気味悪がられていたり、一羽きりだったり、なんとなく孤高の鳥っぽく見えますけど、どちらかというとこの辺りの水鳥を仕切る番長ポジションなんじゃないですかねえ。明らかにカモより強そうですし。前の群れからは追い出されたみたいですが、いい居場所が見つかってよかったですね。

クク、と喉を鳴らし、アタシは蓋つきのバスケットにしまわれました。

薄曇りの空をたくさんの羽音が翔《か》けていきます。アタシを変鳥扱いしている失礼なカモたちですね。

あのカモたちの体の中にも、ふくらんだりしぼんだりする得体のしれない力のリズムがあるんでしょう。そのリズムに乗って、体をうまく使えると気持ちがいい。そう、アタシはもう知っています。長い長い空の旅も、さぞ苦しくて、でもやり遂げるたびに震えるような達成感があるはずです。

そうしてアタシは、風さまがいなくなった庭を思いました。静まり返った、師匠の庭を。

朝と夕方の風がどんどん冷たくなり、人間たちはいつしか分厚いコートを羽織るようになりました。もうすぐ年末だからと、バアチャンのもとには包丁研ぎの依頼がたくさん届いています。茂さんもあちこちから店の掃除だの買い出しだの棚卸《たなおろし》の手伝いだのを頼まれ、忙しそうです。波の苦しい時期をひとまず越えられたようで、最近は休まずにお仕事を続けられています。

予約した通りの日に、茂さんは明日町診療所を訪れました。診察室で橘先生と交わされる声の調子も、前回よりずっと落ち着いています。それを確認し、アタシは師匠のいる居間へと向かいました。

すっかり気温が下がったからか、お庭に面した縁側はガラス戸が閉められ、カーテンが引かれています。いつ来ても小鳥でいっぱいだったお庭は、ヒヨドリ一羽すら見当たりません。

師匠はケージの中でうつむきがちに、ブランコで遊んでいました。気のせいでしょうか、鮮やかな羽にはいつものつやがなく、量がいくらか減った気がします。

クク、とアタシは喉を鳴らして挨拶しました。

『師匠、来ましたよう』

師匠はちらりとこちらを見て、本当に小さな声でピチュ、と鳴き返しました。

『おう桜ちゃん。調子はどうだい』

『師匠ほど悪くはないですよ』

師匠は答えません。ゆーらゆーらとブランコを揺らします。アタシはちょっと胸筋に力を込めて鳴きました。

『師匠、お話ししましょう？　師匠にとって、大事なことです。外の鳥たちも、風さ

郵便はがき

おそれいりますが
切手を
お貼りください

102-8519

東京都千代田区麹町4−2−6
株式会社ポプラ社
一般書事業局　行

お名前	フリガナ	
ご住所	〒 -	
E-mail	@	
電話番号		
ご記入日	西暦　年　月　日	

上記の住所・メールアドレスにポプラ社からの案内の送付は必要ありません。□

※ご記入いただいた個人情報は、刊行物、イベントなどのご案内のほか、お客さまサービスの向上やマーケティングのために個人を特定しない統計情報の形で利用させていただきます。

※ポプラ社の個人情報の取扱いについては、ポプラ社ホームページ（www.poplar.co.jp）内プライバシーポリシーをご確認ください。

ご購入作品名

■この本をどこでお知りになりましたか？

□書店（書店名　　　　　　　　　　　　　　　　　　　　　　　）

□新聞広告　□ネット広告　□その他（　　　　　　　　　　　）

■年齢　　　歳

■性別　　　男・女

■ご職業

□学生（大・高・中・小・その他）　□会社員　□公務員

□教員　□会社経営　□自営業　□主婦

□その他（　　　　　　　　　）

ご意見、ご感想などありましたらぜひお聞かせください。

ご感想を広告等、書籍のPRに使わせていただいてもよろしいですか？

□実名で可　□匿名で可　□不可

一般書共通

ご協力ありがとうございました。

まがいないねってさみしがってます』

チュルルピッ、ピッ、師匠はあいかわらず小さな、だけどとてもきれいな声で鳴きました。

『桜ちゃん、俺だってずっと庭を見てきたんだ。誰かが生まれて、誰かが食われて、誰かが食って、誰かが産んで、それが繰り返されないと終わっちまう世界だってことはよくわかってるよ。でもなあ……あのスズメのちびすけは、あそこで死ななくたっていいはずだったんだ。俺が、こんなケージに守られた俺が、あのちびすけを死なせちまった。それはとても……ひどいことだ』

『たしかにあの子は、かわいそうでした』

クウ、とアタシは喉を鳴らしました。あの素敵な柔らかい輪郭、お話をねだるかわいらしい声を覚えています。

『でも、あのできごとは、師匠のせいだけじゃないです』

師匠は不思議そうに首を傾げ、やっとこちらを向いてくれました。

『アタシはヒナの頃からずっと、弱いのが辛かったです。弱いとつつかれるし、すぐに死にそうになるから。羽がまばらなツバメの末っ子が巣から押し出されたのも辛かった。スズメの子がモズに狙われたのも、あの場で一番弱かったからです。バリケンでさえ、仲間外れがあるみたいです。アタシは飛べないし、小柄だし、弱いのが苦しい世界だとずっと苦しいです。だから師匠の歌に、すごくうれしくなりました。自分が大きく強くなった気がして、聞いていて幸せな気持ちになりました』

『桜ちゃん……』

アタシは師匠に伝えながら、茂さんのことも思い出していました。あんな風に、お父さんにひどいことを言われ続けた茂さん。それを止められなかったジイチャン。あのできごとが起きたのは、茂さんのお父さんが一番、人間にとっての力――お金を持っていて、強かったからでしょう？

『喜んじゃったんだから、アタシも師匠と同じなんです。師匠の辛い気持ちは、アタシも分けて一緒に持ちます。だから師匠、また風さまになってください。アタシが卵を産むのと同じくらい、師匠にとっておしゃべりは大切なことのはずです。スズメの子を死なせて、その上、師匠まで死んじゃうのはダメです。もっとひどいことですよ』

『桜ちゃん、俺ぁな。俺の歌でちいせえ鳥たちが集まって……普段は嫌がらせしてくるカラスだの猫だのが驚いていなくなったのを感じて、胸がスーッとしたんだ。桜ちゃんの言う通り、自分が強くなった気がしてな。……でも』

ジュ、と師匠は苦しげに鳴いて、静かに羽を広げました。

『もう二度と、俺の強さを間違わねえ。次の診察日までに、いい小話を仕入れとくからよ！　……愛想が尽きなかったら、また聞きに来てくれ』

『もちろんですよう！』

『あ、あとなあ』

チュルルピッ、と師匠は軽さを取り戻した声で付け足しました。

『あのツバメの末っ子が巣から落ちたのは、兄貴らに押し出されたからじゃねえぞ。親から食い物をもらおうと前に出すぎて、勢い余って転がり落ちたんだ。現場をヒヨドリが見てたんだから、間違いねえよ。バリケンは……この辺りだとあれだろ？　川っぺりに一羽で暮らしてるっつう強気な姉ちゃん。前はもっとデカい川にぶつかる辺りに住んでたんだよな。たしか、群れの雄が年とって動きが鈍くなって、うまく飯が食えねえもんだから周りの仲間に当たり散らすようになったんだよ。だから仲間外れとかそういう流れじゃなく、単に先のない群れに見切りをつけて、もっといい場所といい相手はいねえかなーって離れただけだと思うぜ？』

なんと。

じゃあ、アタシはちょっと、ものごとを自分に引き付けて考えすぎていたってことですかね。恥ずかしくなって、羽繕いをします。

『庭を見てたってなあ、一番体がでかくてグイグイいく若鳥が案外死ぬもんだ。行動範囲も広いし、血気盛んに突っ込んでいくからな。だから、ある程度まで生き延びたらもう、それぞれの力の強さ弱さより、ずっと複雑で見えにくいものに俺たちは振り回されて生きてるんじゃねえかって思うよ』

桜ちゃんは全然弱くねえぞ、と師匠は穏やかに続けます。

『もちろん、桜ちゃんのご主人もな！　うちのご主人がよく言ってるぜ？　具合の悪い人間が、それを自覚して病院に来て、赤の他人に困りごとを伝えるってだけでもう、勇気のあるすごいことなんだって。桜ちゃんは、勇敢ないいご主人を持ったなあ』

はい、それは本当にそう思います。

「桜さん帰るよー！」

茂さんの声が聞こえます。今日はずいぶん早めに診察が終わったみたいです。

『それじゃあまた来ますね』

『おう！　元気でな』

待合室へ向かう道すがら、さっそく背後から『えー、久しぶりの馬鹿馬鹿しい小話となりやすが』と小声で訓練する声が聞こえてきました。

素敵な風が吹くお庭が、きっともうすぐ戻ってきます。


明日町診療所の出入り口で、アタシはぴょんと持ち手のついた蓋つきバスケットに飛び込みました。最近のお散歩はもっぱらこれです。アタシは快適だし、茂さんもアタシを運びやすいし、猫にも狙われにくいし、なによりふらりと商店街の外に出て見知らぬ人間に会っても、肩乗りのときのように驚かれません。茂さんの行動範囲が広がった、というのも理由の一つです。

アタシと茂さんの暮らし方も、日々改良されていきます。「あっぷでいと」ってやつですね。先日も茂さんはご近所に「どっこも触ってないのに、パソコンが急にあっぷでいとするって言って、壊れちまったんだよ！」と呼び出されていました。

さて、近くの薬局でまたひと月分のお薬をもらえば、今日の予定はおしまい——だったのですが、残念なことになじみの薬局は今日から新しく処方された薬の在庫を切らしている、とのことでした。仕方なく、茂さんは駅前にある別の大きな薬局に足を向けます。茂さんが受付の方に保険証とお薬手帳を渡し、在庫を確認してもらっている間、アタシは来客用の椅子の足元に置かれました。

ふむ。初めて来た薬局は、音や匂いが新鮮ですね。バスケットの中でうろうろと周囲を探っていると、聞き覚えのある人間の声がしました。

「三十二番様、お待たせいたしました。今日は――前回と同じお薬ですね。服用してみて、なにか気になることはありましたか？」

アタシはこっそりバスケットの蓋を頭で持ち上げて外を覗きました。白いパリッとしたお洋服で、四列前方に座る高齢の雌とお話ししているのは間違いなくロッカさんです。こちらに気づく様子もなく、相変わらずのテキパキとした口調で雌に話しかけています。茂さんもそれに気づいたようで、若干腰を浮かせ、逃げたそうにバスケットの持ち手に手をかけています。

「え、飲んでからちょっと気持ちが悪くなった？　それは主治医の先生には伝え……伝えて、ない。なるほど、今日は先生が忙しそうで、伝えそびれてしまったと。言えなかったし、もう我慢すればいいやと思った……ううん、このままだと良くないですね！　確認するので、少しお待ちください」

ロッカさんは腰を浮かせ、ガラスで仕切られた建物の奥側の部屋へ入ると、どこかへ電話をかけ始めました。

ロッカさんの物事を濁さない明解さは、お仕事で大切だからこそ培《つちか》われたものだったんですねえ。茂さんはそっとバスケットの持ち手から手を離し、椅子に深く座り直しました。

無事にお薬をいただいた帰り道、明日町診療所のそばを通ると、庭の方向にスズメの群れが飛んでいくのが見えました。

『風さま、帰ってきたんだって』

『風さま、風さま』

うきうきと楽しげなさえずりが聞こえ、アタシはまた蓋を頭で押し上げます。気持ちのいい抑揚で発せられる師匠の声も、山茶花《さざんか》の垣根の向こう側から流れてきました。

『そこでカルガモの母さんが、子供の数を間違えたものだから大さわ――逃げろッ！』

ギャギャギャギャギャギャギャッ！　と師匠の鋭く速い鳴き声が放たれ、ばっとスズメたちが飛び立ちます。
急降下してきたモズはなにもつかめず、悔しそうに空で輪を描いて飛び去りました。

3

水をたっぷり含ませたスポンジを片手につかみ、スニーカーの踵《かかと》を浮かせて、茂さんはぐうっと背伸びをしました。

足元にいるアタシからは、茂さんがいつもよりずいぶん大きく見える。人間は腕を上げると、まるで違う生き物みたいに体が細長く伸びていきます。茂さんはスポンジを掃き出し窓のてっぺんの角に押しつけ、丁寧にガラスをこすり始めました。上の方から幾筋も水が伝い落ち、砂埃で白っぽく汚れた表面にくねくねと曲がった道を描きます。やがてそれらもすべて拭《ふ》き取られ、大きなガラス全体がもわんと水の膜に包まれたみたいな、透明なのに奥が見通せない変な感じになりました。

ガラスって、なんにもなさそうなのに、あるんですよねえ。ヒヨコの頃に何回頭をぶつけたことか。今でもなんなのこれって感じです。人間はなんでこんなに紛らわしいものが好きなんだろう？

茂さんはふたたび伸び上がり、窓掃除のときにいつも使っている幅広のへらみたいな形の道具でてっぺんから順に水を拭き取っていきました。動作に迷いはなく、腕と背中が伸びやかなリズムを刻んで動いています。もわんとしたガラスにまた幾筋も、今度は比較的まっすぐな水の道ができていき、最後にアタシの目の高さのガラスもキュッと気持ちのいい音を立てて拭き取られました。

汚れていたり濡れていたりして、なんとか存在を主張していたガラスが、まるでそこになにもないみたいに見えなくなりました。

そして突然、薄茶色の謎のチャボが目の前に現れ、アタシは驚いて羽をふくらませました。

「コッ、ココ！」

「桜さん、つついちゃだめだよ」

茂さんがアタシの目線を遮るように顔の前にてのひらを出します。アタシはてのひらを避けて謎のチャボを倒そうと上下左右に顔を動かし、とうとう茂さんに抱き上げられました。庭で作業を見守っていた依頼主の長谷川《はせがわ》さんが、こちらを見てくすくす笑います。

「桜ちゃん、ガラスに映る自分を見て知らない鳥だと思ったのかな」

「そうかもしれません」

「ふふ、きれいにしてくれてありがとう。これでうちもようやく新しい年が来たって感じがするわ」

　長谷川さんは茂さんと同じ人間で、古い二階建て住宅で一人暮らしをしている小柄な雌です。年をとるにつれてずいぶん腰が曲がり、様々な作業に苦労するようになって手伝いが欲しくなったのだとか。月に何度か茂さんを呼んで、力仕事や高所の作業を依頼する常連さんです。今日は草むしりと家中の窓掃除、電球の交換を頼まれました。

　かつてウズラを飼っていたという長谷川さんは、依頼のたびに「桜ちゃんも連れてきてね」とリクエストしてくれます。今日は働いている茂さんを眺めながら、だしを取ったあとの柔らかい鰹節《かつおぶし》をおやつにいただきました。

　窓掃除の道具を片づけ、茂さんは居候《いそうろう》先の金物店から持参した電球を取り出します。

「あと、電球交換は……トイレと居間ですか」

「そう。トイレ寒くてごめんなさいね」

「大丈夫です」

脚立を使い、タイル張りの薄暗いトイレで電球を交換した茂さんは壁のスイッチに手を伸ばします。

ぱちん、とたしかに音が鳴りました。しかしトイレの光量は変わりません。茂さんは首を傾げ、もう一度電球を入れ直したり予備の電球に取り換えたり、しばらく試行錯誤してから長谷川さんに向き直りました。

「電球が切れただけでなく、壁のスイッチも故障してる可能性があります」

「あらら……茂ちゃん、修理できる？」

「いえ、電気の配線はちゃんと資格がないと触れないんです。よければうちの店と付き合いのある業者さんに連絡しておきましょうか」

「じゃあお願いしようかな」

「わかりました。ワタリ電気さんってとこです。なるべく早くこちらに電話するよう頼んでおきますね」

居間の照明は電球を交換したら迷いなくぴかりと光りました。茂さんは箱形の照明器具に積もった埃を掃除し、脚立を下ります。これで長谷川さんのお宅でのお仕事はおしまいです。

「そういえば茂ちゃん、大田《おおた》さん……ほら昔、川沿いで中華料理のお店やってたおじいさん、いたでしょう。最近腰を痛めたらしくて、郊外に持ってる畑の手入れを手伝ってほしいって言ってたんだけど、茂ちゃんそういう仕事も引き受けてる？」

「大丈夫ですよ。畑仕事はよくわからないんで、指示してもらえれば」

「口は達者だから、そこは問題ないと思う。じゃあ大田さんに伝えておくね」

最近は商店街のお客さんだけでなく、お客さんからお客さんへ紹介されて仕事を頼まれる場面も増えてきました。身の回りの手伝いを頼みたくても知らない業者にいきなり頼むのは気が引けていた、というお客さんも、商店街の金物屋の孫が引き受けているらしい、となるとだいぶ頼みやすさが変わるようです。

電球代と時間分の料金を受け取り、川平金物店、と車体にプリントされた白い車に戻ると、茂さんはアタシを助手席に置いた籐のバスケットに入れました。ペットボトルの水で喉を潤《うるお》し、ふう、と息を吐きます。

「郊外の畑ってことは、運転して連れていくのも含めて依頼される可能性もあるのかな。それも二種免許をとらないとできないんだよな……」

お客さんが増えるにつれ、依頼の内容もどんどん幅広くなっています。それに対応しきれないのが、最近の茂さんの悩みです。

わずかに表情を曇らせ、茂さんはシートの背もたれに体を預けました。次のお仕事へ向かう前に少し休憩するようです。砂利が敷かれた駐車場のそばを、コートを着て寒そうに肩をすくめた人たちが歩いていきます。空は今の茂さんの表情と同じ、薄い灰色の雲で覆われています。見るだけで体が凍えそうな、思わずコタツにもぐり込みたくなる真冬の空です。

アタシは籐のバスケットからぴょんと飛び出して茂さんのお膝に乗りました。紺色のブルゾンの生地をちょっとつつきます。

「どうしたの？　桜さん」

茂さん、こういうときこそ「いいこと探し」しましょう？

「いいこと探し」は、茂さんがお世話になっている明日町診療所の橘先生が教えてくれた遊びです。

秋の終わりの寒くなり出した時期から、茂さんは妙に気分が揺れて、眠りにくさを感じる日が多くなりました。橘先生に相談し、症状を話し合ううちに、もしかしたらそれは前のお仕事の一番辛かった時期の、真冬の町を暗い気分で歩き回っていた体験が強く印象に残っているからではないか、というお話になりました。

「寒さを感じるたびに、いつのまにかその時期のことを思い出してるんじゃないかって。それはたしかにあったかも」

病院から帰ったあと、コタツで蜜柑をむきながら茂さんは穏やかに呟きました。アタシは茂さんのお膝に乗って、薄皮を取った果肉を少しご相伴《しょうばん》させてもらいながらお話を聞いていました。ふむふむ。冬の寒さと辛い記憶が茂さんの中で強く結びつき、寒いと心がその時期に戻ってしまうんですね。それじゃあ、冬が来るたびに具合が悪くなってやっかいですね。

そこで橘先生が勧めてくれたのが「いいこと探し」だったそうです。

「冬の寒い時期にもいいことや楽しいことは必ずあるから、それを見つけて、頭の中の冬は辛いってイメージを上書きしていきましょうってさ。桜さんも手伝ってくれる？　俺が昔のことを思い出してばかりで、目の前のいいことを見逃してるなって思ったら教えてね」

そう言って、茂さんはアタシのくちばしを酸っぱい匂いがする指で撫でました。

一番目の「いいこと」は、思ったよりも早くやってきました。夕飯にバアチャンが作ってくれたサツマイモのシチューがとてもおいしかったのだそうです。自室に戻った茂さんは、仕事の予定を書き込んでいる手帳の最後の方のページに、「サツマイモのシチュー」と書き込みました。

「青年部でもつ鍋」「新しいセーター」「長芋《ながいも》掘《ほ》り」「ユリカモメが来た」など、時々手帳の書き込みは増えていきました。年が明けて間もない頃、ジイチャンが友達と一緒に馬を見に行くのだとかなんとか、そんな約束に茂さんも一緒に連れていき、あとでバアチャンからなぜか文句を言われていましたが、その日も茂さんは手帳に「馬はきれい。ジイチャンはオケラ」と書き込んでいたので、きっと楽しい思いをしたのだと思います。

茂さんは一人でいるときに、時々その手帳のページを開きます。まるで自分の心と体が、今ここにあることを確認するように。それでも具合が悪い日もあれば、起き上がれない日もあります。ゆらり、ゆらり、と調子のいい日と悪い日を繰り返しながら、茂さんは冬に適応しようとしていました。

　そんなわけで、気分が晴れないときには、「いいこと探し」に限ります。アタシは運転席に座った茂さんの膝で丸くなり、じっと顔を見上げました。「今日も桜さんはとてもかわいい」とかでもいいんですよ？　第一、なんでユリカモメは庭を横切っただけでいいこと扱いしてもらえて、アタシのことはぜんぜん書いてもらえないんですか。こんなにいっつもそばにいるのに。

　言いたいことはたくさんあるのですが、あいにく今日も茂さんにアタシの声は届きません。

「桜さん寒い？　ごめんね、暖房つけよう」

　茂さんは車のエンジンをかけ、暖房のスイッチを押してくれました。暖かい風が車内を巡るまでの間、両手でアタシの体を挟んで揉んでくれます。それも悪くないんですけど、そうじゃなくて、そうじゃなくて！

　ふいに茂さんはアタシを揉む手を止め、目を丸くしました。

「あれ、桜さんのあごの下に一枚だけ黒い羽がある。うわ、気づかなかった！　こんなの生えたことなかったのに！」

えっ、黒い羽？　アタシのクリーミーでキュートな玄米色の羽に、黒い羽ですって？　それ、ゴミがついてるみたいに見えません？

茂さんは肩を揺らして笑いながら手帳を開きました。「桜さんのあごに黒い羽」、と上機嫌でボールペンを動かしています。これはいいことなんですかね？

大笑いされて腹が立ち、アタシは茂さんの膝から籐のバスケットへ場所を移すと、それからお仕事が終わって帰宅するまで、茂さんにお尻を向けたままでいました。

「おう、おかえり。お疲れさん」

川平金物店に戻ると、レジ内で新聞を読んでいたジイチャンが顔を上げて迎えてくれました。

「バアチャンは？」

「配達に行ってる。母屋におにぎりと豚汁があるぞ。おにぎりの種類は焼き鮭と梅ひじきとおかかチーズと昆布。バアチャンがおかかチーズ残しておいてくれってよ」

「ジイチャンはどのおにぎりがいいの？」

「俺ぁどれでもいい。好きなやつしか買ってねえから」

「わかった、ありがとう」

母屋の台所の空気はほんのりと暖かく、少し前まで豚汁を調理していたジイチャンの気配が残っていました。茂さんはお茶をいれ、豚汁を器に盛り、居間の座卓に並べられていた四つのおにぎりから焼き鮭と昆布を選んで手元に引き寄せます。続けてアタシ用の白い皿を取り出し、香ばしい配合飼料と刻んだ白菜を入れてくれました。座卓の足元で、ご相伴にあずかります。

「いただきます」

いつも通り、両手を合わせてそう口にして、茂さんはおにぎりから食べ始めました。いかにも手作りっぽいこのおにぎりは、近所の米屋がランチタイムに店頭販売しているおにぎりですね。梅干ババア、元気かしらん。

食事をとる際、茂さんはあまりテレビを観ることも「すまほ」を触ることもしません。静かに口を動かして食べ物を味わいます。具合が悪かった頃はおにぎり一つ食べるのも億劫そうにしていたので、茂さんが迷うことなく二つのおにぎりに手を伸ばすようになって、アタシはとてもうれしいです。

　年明けのセールも一段落した、穏やかな午後です。年末の大掃除で茂さんが丹念に磨いた掃き出し窓から暖かな光が差しています。窓の向こう、狭い庭の一角に設けられた物干し場には、洗濯物をたくさん留めたピンチハンガーが二つ並んで風に揺れています。食べ終わったらお昼寝したいな。そんな気持ちになるくらい、ゆったりした平和な時間です。

　ふいに庭の端から小さなボールのようなものが目にも留まらぬ速さで飛来し、ドンッ！　と激しい音を立てて窓ガラスにぶつかりました。

「なんだなんだ！」

　びくっと背中を揺らし、箸を置いた茂さんは畳に手をついて掃き出し窓の方向へ這い進みました。驚きすぎて羽ばたいてしまったアタシもそれに続きます。

　物干し場の地面には、緑がかった褐色の小鳥が横倒しになっていました。体はスズメより少し小さめでスリムな感じ。でも尾とくちばしはスズメより長めです。見覚えはあるのですが、なんの鳥だったか。動転して名前が出てきません。小さな黒い目をしばたたかせたその鳥は動かず、明らかに問題を抱えていました。弱った鳥を見るうちに、アタシはだんだん不安が膨らんで苦しくなってきました。なにか大変なことが起こっている。こわい！　危険だ！　警戒しなきゃ！　頭の中で激しい鳴き声が行き交います。

「ぶつかったのか。動けない？　どうしよう。病院に連れていった方がいいかな」

掃き出し窓を開けて茂さんが庭に出ても、小鳥は動かないままです。茂さんは「すまほ」を指でいじり、耳に押しつけて話し始めました。「いえ、出血はしていません。目は開けていて、ボーッとしている感じです。はい」誰かに質問をしているようなしゃべり方です。

やがて茂さんは「すまほ」を片づけると、倉庫から商品発送用の小さな段ボール箱を持ってきて箱を組み立てました。ポリ手袋をはめた手で小鳥を抱き上げ、箱の中に寝かせます。

箱の蓋を閉め、テープで留めて和室の隅に置き、茂さんは興奮が治まらないアタシの体を優しく撫でてくれました。

「脳震盪《のうしんとう》を起こしている可能性があるから、暗い静かな場所で休ませるといいって。悪いことしたなあ、カーテンを閉めておけばよかった」

ああ、この鳥もきっとガラスが見えなかったんですね。天敵に追われて、焦っていたのかな。

茂さんに撫でられて、やっと体をびりびりと震わせる不安が抜けていきます。アタシはクウ、と箱に向かって喉を鳴らします。大丈夫？　と呼びかけたつもりです。中から返事はありません。励ましたくてもう一度、クウクウと話しかけました。

座卓の上を片づけた茂さんは、電卓と書類とノートを広げてバアチャンに頼まれた帳簿つけを始めました。アタシも畳に落ちた紙をつついて遊び、その作業に付き合います。時間が経つにつれ、レースカーテンが引かれた掃き出し窓からにじむ光がだんだん弱まっていきました。最近はお昼の時間がずいぶん短い。アタシもすぐに眠くなります。

遠くから学校帰りの小学生たちの声が響き始める頃、かさかさ、と箱からかすかな音が聞こえました。思わず茂さんと目を合わせます。茂さんは畳を這い、慎重に箱の蓋を持ち上げます。

あっけにとられた表情の小鳥が、先ほどよりもはっきりした目つきでこちらを見返しました。茂さんとアタシに驚いて、ぴょんと箱の隅へと飛びすさります。特に動きにくそうな様子はありません。

よかったあ、と茂さんは心底ほっとした様子で深く息を吐きました。小鳥が入った箱を抱いて外へ出ると周囲にカラスや猫がいないことを確認し、庭木のそばで蓋を開きます。

小鳥は二度、三度と軽快に跳ねて蓋の端っこに留まり、不思議そうに辺りを見回してからぱっと羽を開いて飛び立ちました。お隣との境に植えられたイヌツゲの生垣に飛び乗り、こちらを振り返ってジッジッジ、チチッ、ジッジッジッジ、と喉を震わせて話しかけてきます。

『ああびっくりしたー！　びっくりしたー！　なに、なにがあったの？　生きてる？もう食べられた？　食べられちゃった？』

アタシはクウと喉を鳴らし、『生きてますよ』と呼びかけました。失礼かなと思いつつ、気になるので続けてクク、と話しかけます。

『ところであなたはなんの……』

アタシが言い終わるよりも先に、小鳥は忙しなく尾羽を上下させ、『よかったー！』と叫んで飛び去りました。

喉に煮干しの欠片でも引っかかった気分でその背中を見つめます。アタシの気持ちなんて知るよしもなく、茂さんは楽しそうにこちらを覗き込みました。

「桜さん、今の子とお話ししてたね。なに話してたの？」

いえ、まるで話の通じないせっかちな鳥でした。あの鳥、急ぎすぎてまたガラスにぶつからないといいけれど。

数日後、茂さんの通院に合わせて明日町診療所を訪ねたアタシは、いつも通り待合室から縁側を通って建物奥の居住スペースに回り、居間で暮らしているセキセイインコの師匠を訪ねました。

『そんなわけで、なんの鳥なのか聞きそびれたんですよ。絶対に見たことあるのに、思い出せなくて』

ガラスに飛び込んできた小鳥について話したところ、師匠はケージの中のブランコで遊びながら『そいつはウグイスだな』とあっさり断定しました。

『スズメぐらいの大きさで、苔《こけ》が生えた地面みたいな地っ味ーな色の鳥だろ？　すらっとした体つきで、尾とくちばしが長め。そりゃウグイスだよ。せっかちで落ち着きがねえのは、去年生まれた若鳥だからじゃねえかな』

『えっ、ウグイスって春だけ町にいるんじゃないんですか？　ホーホケキョ、って鳴く鳥ですよね』

　桜が咲いていた頃、彼らがさえずる声を聞くたびに、茂さんもジイチャンもうれしそうに「春だなあ」と呟いていました。あんなにありがたがられるのは、春にしか会えない特別な鳥だからだと思っていました。

　師匠はブランコを揺らす動きを止め、あからさまな呆れ顔をこちらに向けました。

『桜ちゃんはよう、やっぱりちょーっと感覚を人間に寄せすぎてないか？　ウグイスが春の鳥って、あいつら一年中そこらの藪《やぶ》ん中うろうろしてるぜ？』

『なんと……』

『うちの庭にもときどき顔を見せるし』

『ああ、だから見覚えがあったんだ！　でもウグイスがいるのは春って思い込んでたから、ウグイスっぽいけど違う鳥なんだなって片づけちゃってました』

『思い込みって厄介だなあ』

　チュルル、ピッ、ピチュ。やる気のない相づちを打ち、ブランコから止まり木に移った師匠は体を低くして顔を背後に向け、腰の辺りの羽繕いを始めました。

『そういえばウグイスのさえずりも、別にホーホケキョだって決まってるわけじゃないんだってな。北からの渡り鳥が前に、地元じゃあいつらホーホケチョってもっと気取って鳴いてる、って言ってたよ。あと、あまりウグイスが密集してない地域だと、もっとシンプルにホーホケぐらいで済ませちまうこともあるって』

『えっ、同じ種類の鳥でも、住んでいる場所によって鳴き方が変わるんですか？』

『そうそう。つっても、そんなに珍しい話じゃないんだろうな。鳥だけでなく、人間もそうらしいぜ？　人間はちょっと海を渡ったぐらいで、お互いがなにしゃべってんのか、てんで分からなくなっちまうんだと』

　ふむ、とアタシは考え込みます。これまでチャボとはこう、ウグイスとはこう、人間とはこう、とかっちりしたイメージを持っていましたが、生き物は思ったより住んでいる場所の影響を受けるみたいです。自分がふよふよと外からの力で形を変える頼りない存在になったような、変な気分です。

『なんにせよ、そのウグイスの若いのが無事でよかったな』

『本当にそうですね』

今も、横たわる小鳥の体を見たときの不穏で心細い気持ちは胸の奥に残っています。あの急激に視界が狭まり、息が苦しくなる辛い感じ。アタシはぶるっと体を震わせました。

「桜さん帰るよー！」

待合室の方向から茂さんの声がします。アタシは尾羽を揺らして立ち上がり、師匠にご挨拶しました。

『それじゃあそろそろお暇《いとま》します。師匠、風邪引かないでくださいね』

『おお、桜ちゃんも元気でな。また顔見せに来いよ！』

居間を出ていく際にちらりと振り返ると、師匠はまた止まり木からブランコに飛び移り、『あー、つまらん。早く春が来ねえかなあ！　舌が錆《さ》びついちまうわ』とぼやきながら体を揺らしていました。

師匠が庭の鳥たちと交流する際に使う掃き出し窓は、今ではしっかりと閉じられ、厚手の防寒カーテンに覆われています。師匠の独演会は、次の春までおあずけです。実は師匠はかなりの寂しがり屋です。また遊びに来ますよ、と胸の中で呼びかけ、アタシは待合室へ戻りました。

「おかえり桜さん。師匠さんに会えた？」

診療所の受付でお会計を済ませた茂さんは、お財布を手提げバッグにしまいながらアタシの体をぽんぽん撫でました。ええ、元気そうでしたよ。退屈してましたけど。返事の代わりにクウと喉を鳴らし、アタシは自分から茂さんの足元に置かれた籐製のバスケットに入ります。

「それじゃあ、お世話様です」

受付に入っている鶴田さんと大塚さんに挨拶して、茂さんはアタシが入ったバスケットの蓋を閉めます。その、蓋が閉まる直前に見えた茂さんの表情は、ほのかに明るい。年明けからずっと体調が良さそうなので、橘先生との診察でなにかうれしい話が聞けたのかもしれません。

茂さんが、少しずつ元気になってきている。一番病状が重かった頃、布団から起き上がれずに天井を見上げて泣いていた茂さんと、なにもできずにケージの中で羽ばたいていたアタシが暮らしていた暗い部屋から、ずいぶん遠ざかることができた気がします。それがうれしい。茂さんが今この瞬間に苦しくない、ということが、アタシにとってはなによりも重要で、うれしいです。

駅前の薬局で薬を受け取り、川平金物店へ帰る途中、「あ」と声をかけてくる人間がいました。声の感じからして、まだ若い雄です。バスケットの隙間から覗いてみると、同じ商店街のおもちゃ屋「うさぎや」でよく店番をしている宇崎真悟《うざきしんご》の姿が見えました。

「か、川平さん。夜の集会の話、聞いた？」

「聞いた聞いた。『鳥吉』で二十時、バレンタインフェアの打ち合わせ。宇崎さん、招きうさぎのグッズ作るんでしょう？　すごいなあ」

「はい、えっと、招きうさぎがハート持ってるキーホルダーと、フェア中に五軒以上で買い物してくれたお客さんに回してもらう、カプセルトイに入れるフィギュア三種類。工場からサンプルが届いたんで、今日みんなに見てもらって、意見もらおうかなって」

「わかりました。楽しみにしてます」

おもちゃ屋「うさぎや」は、もともと真悟の祖母の武子《たけこ》さんが一人で切り盛りしているお店だったそうです。仕事も遊びもばりばりこなす元気な武子さんですが、去年の秋に転倒して大腿骨《だいたいこつ》を骨折し、それ以来孫の真悟が店舗の二階に居候して、「うさぎや」の店番と武子さんの身の回りの世話をするようになったのだとか。

店主の孫であること、店舗の二階に居候していること、最近商店街の外からやってきたこと。共通項が多いせいか、茂さんは真悟と話すときはリラックスしているように見えます。あとこの二人、商売人らしく気の強いタイプが多い商店街の若者の中でも、なんとなく圧が弱めというか、それほど強く物事を断定しない感じが合うのかもしれません。ちなみにうちのバアチャンも武子さんと仲良しで、月に一度は一緒にカラオケに出かけています。

真悟と別れたあと、金物店への道を歩きながら、茂さんはなにごとか考え込んでいました。うーん、と独り言みたいなうなり声が喉から漏れています。

少し前から商店街の青年部と関わるたび、茂さんはわずかな戸惑いを覗かせるようになりました。どうやら青年部の人間たちの中で、茂さんは川平金物店の跡取りだと思われているようなのです。まあ、七十を超えたジイチャンとバアチャンのところに二十代半ばの孫が居候して店を手伝っているのだから、そう思われても仕方がないといえば仕方がない気がします。

ただ、茂さんはこれまで体調の波に翻弄され、目の前の苦痛に対処するので精いっぱい、先のことなんて考えようもない状況が一年近く続いていました。ようやく体調が安定し、未来について考え始めたところで「跡取りじゃないの？」と問われても、すぐには答えが出せずにいます。

茂さんが、川平金物店を継ぎたい、商売がやりたい、とまっすぐに思う性質の人だったら、それほど悩まずに済んだのかもしれません。ただ、茂さんは知らない人としゃべるのが苦手で、商品を売る仕事がうまくいかずに苦しんだ過去があります。バアチャンが現在の川平金物店でやっている、持ち前の社交性をフル活用して地域の飲食店に売り込んでいくやり方をそのまま引き継ぐのは難しそうです。

「……とはいえ、今考えてもなあ」

ぼそっと呟き、茂さんは川平金物店に戻りました。店内には接客業らしきお洒落な黒いエプロンをつけたお客さんが一人。ジイチャンはどこに……と思いきや、店の奥から折り畳んだ複数の脚立を小脇に抱えてやってきました。倉庫に保管してあった在庫を持ってきたようです。業務中に急に脚立が必要になって買いに来たお客さんですかね。

「お、茂。おかえり」

「ただいま。持とうか」

「いや、これで全部だから大丈夫だ。昼飯にカレーうどん作ってあるぞ。先に食ってくれ。うどんは冷凍のやつな」

「わかった。——バアチャンの調子はどう？」

　バアチャンは朝からお腹の具合が悪く、トイレで何度か吐いていました。すべての予定をキャンセルして、今日はお休みです。茂さんの質問に、ジイチャンは困り顔で首を左右に振りました。

「まーだ調子が悪いみたいだ。やっぱり、昨日の鍋の牡蠣《かき》にあたったかな」

「俺たちは平気だったのにね」

「牡蠣はバアチャンの好物だからな。気が急《せ》いて、火の通りが甘いやつを食っちまったんじゃないか？」

「うーん……」

　母屋の玄関の上がり框《がまち》でアタシをバスケットから取り出すと、茂さんはジイチャンとバアチャンの寝室へ向かいました。襖をそっと引いて中をうかがいます。布団の中でちんまりと横向きに丸くなったバアチャンは、静かに目を閉じていました。

いつも元気な人なので、バアチャンの具合が悪いと母屋も店も、しゅんと縮こまっているような寂しさが漂います。茂さんは黙って襖を閉め、台所でジイチャンが用意してくれたカレー汁と冷凍のうどんを温め、どんぶりに盛りつけて居間に運びました。いつも通り黙って食事をとり、食べ終わったらお皿を流しに運んで洗います。

「……ひげる、はえって、きたの」

寝室の襖を開き、壁に手をついたバアチャンが顔を出しました。妙にもったりとした、バアチャンらしくないしゃべり方です。

バアチャンは茂さんの方に歩こうとして、ふいにバランスを崩して倒れました。茂さんがびしょ濡れの手でその体を抱きとめます。その異常な光景を見ながらアタシはなぜか、ドンッ！　と小鳥がガラスに激突する、恐ろしい音を思い出していました。

「じ、ジイチャン救急車呼んで！　バアチャン、バアチャンしっかり」

茂さんが叫んでいます。蛇口の水は流れたままです。横倒しになったバアチャンはぴくりとも動きません。アタシは怖くて、怖くて、目の前がどんどん暗く、狭くなっていきます。遠くから、こちらに走ってくるジイチャンの足音が聞こえました。

バアチャンの具合は、ずいぶん悪いようでした。あの日、鼓膜を破りそうなサイレンを鳴らしてやってきた白い車がバアチャンを連れ去って、それきり戻ってきません。大きな病院で、ずっと入院しているのだとか。

病院に行くだけなら茂さんの診療所通いでなんとなく想像できますが、入院ってなにをするんでしょう？　バアチャン、一人で寂しくないかな？　膝に乗って温めてあげたいのに、チャボは大きな病院には入れないのだそうです。茂さんとジイチャンは、毎日心配そうにお見舞いに行っています。

川平金物店は、バアチャンが倒れた日からずっとお休みしています。週に二回、学校の帰りに顔を出していたいろはちゃんもやってきません。シャッターが下ろされた暗い店内はあまりに静かで、外を通る人々の会話や、他愛《たわい》もない生活の物音がやけに眩しく感じられます。

商店街の人たちは次々に訪ねてきて、ジイチャンと茂さんをいたわってくれました。食事を差し入れてくれる人もいます。お花を届けてくれる人もいます。なにか手伝えないかと申し出てくれる人もいます。ジイチャンは来てくれたすべての人たちに笑いかけ、「いや、大丈夫だ。心配かけて申し訳ない。大したことないんだ、すぐ元気になっから。ほんと」と言って、てのひらを扇のように揺らします。

大したことない、大したことないんだ、と同じ口調で繰り返すジイチャンは、表向きは元気そうですが、まるでお店と同じように心のシャッターを閉ざしているようにも見えました。ずっと早寝早起きの人だったのに、夜遅くまでパソコンで調べものをしているらしく、昼過ぎまで起きてきません。食欲が落ち、顔色も悪く、はたから見ていてもジイチャンがなんらかのリズムを崩しているのは明らかでした。

それに比べて茂さんは、あまり変わりませんでした。病院と役所を往復し、バアチャンがやり残した仕事と自分が引き受けた仕事をこなし、細々と家事を行いながらそれまでと同じリズムで暮らしています。

ただ、茂さんも余裕をなくしているのは、そこはかとなく強ばった顔つきから察することができました。茂さんは、「いいこと探し」の手帳を開かなくなりました。一息つく、という習慣を忘れてしまったみたいに、次にやるべきこと、日々の予定を黙々とこなしていきます。前と同じリズムで暮らしているというより、リズムを崩さないよう細心の注意を払い、高い緊張度で暮らしている、という方が正確なのかもしれません。

バアチャンがいないお店と母屋は、まるで灯りを失《な》くしたみたいに心細い場所になりました。ジイチャンも茂さんもそれぞれに張りつめて、あふれそうな不安をぎゅっと抑えこんで暮らしている感じがします。

未来《みく》さんが訪ねてきたのはそんな折、バアチャンの入院から十日ほど経った午後のことでした。

「あ、思ったよりきれいにしてる。お父さん、来たよー」

茂さんは母屋の台所で二人分のラーメンを作っている途中でした。玄関の鍵《かぎ》をあっさりと開けて入ってきた人間の雌にアタシは驚き、さっと茂さんの足元に隠れます。

茂さんよりは年上で、ジイチャンよりは年下の、ジョウビタキみたいに真面目そうな雰囲気の雌です。商店街ではあまり見かけない、チャコールグレーのかちっとしたスーツを着ています。雌はアタシを見つけ、淡いオレンジの口紅が塗られた唇をほころばせて笑いました。

「あなたが桜さんね。いつもいろはと遊んでくれてありがとう」

鍋の火を止め、茂さんは首を傾げつつ口を開きます。

「もしかして、未来さん？」

「そう！　茂くん大きくなったねえ。お父さんは？」

「まだ寝てます。そろそろ起こしに行こうかなと」

「やあだ、お父さん、お母さんがいないからって生活不規則になってるの？」

未米さんはどうやら、茂さんからすれば叔母《おば》さんにあたるようです。いろはちゃんのお母さんですね。

「未来さん、お昼食べる？」

「食べてきたから大丈夫よ、ありがとう。お父さん起こしてくるね」

未来さんの来訪を、ジイチャンはとても喜びました。きちんと心の奥の方から笑って、あれも食べろこれも食べろと貰《もら》い物のお菓子を出してきます。未来さんはここに来る前に病院に寄って、バアチャンにも会ってきたとのことでした。しかし担当しているお医者さんには会えなかったようで、ジイチャンや茂さんにバアチャンの詳しい容体を聞きたがります。

「お母さん、だいぶ意識ははっきりしてたよね？」

「ああ。目が疲れやすいだのしゃべりにくいだの、そういうのはあるみたいだけどな。

頭はしゃっきりしてるよ」

「手が使いにくそうだったんだけど」

「痺れるんだってな。それもリハビリすりゃ大丈夫だ」

「そうか、やっぱりリハビリは必要になるよね。でも、ひとまず大丈夫そうで本当によかった。あ、あと、渉兄ちゃんに連絡するのはもう少し落ち着いてからするね。お母さんが倒れたなんて聞いたらまたカーッとなって、『病室に泊まり込みで看病しなきゃだめだ！』とか、『すぐに俺の知り合いの病院に移せ！』とか、そういう極端なこと言い出しそう」

「あいつは……まあ、そうだろうな。退院して、ぜんぶ元通りになってから俺から言うよ」

「進《すすむ》兄ちゃんは真希《まき》さんと聖《ひじり》くんを連れて、明日お見舞いに行くって」

「おう」

「それで、こんなことになって、私もいろいろ考えたんだけどさー……」

難しい顔でお茶を飲み、未来さんはふう、と一つ息を吐きました。

「お父さんお母さんもこれから大変だし……仕事を、四月で辞めようと思うんだ。いろはが学童に落ちてから、いろいろ工夫してきたけど、もう本当に手が回らない。これ以上いろはの習いごとを増やすのも無茶な気がするし、お金もかかるし」

未来さんが急に切り出した話は、アタシにはてんで分からないものでした。茂さんもきょとんとしています。しかしジイチャンは、「えっ」と悲鳴に近い声を上げました。

「お前、そりゃ……そりゃ、だめだろう。一番好きな鞄《かばん》メーカーにやっと転職できたって喜んでたのに。いっちゃんならこれまで通り、困ったらうちに来させればいい！　明日も明後日も大丈夫だ！」

「いやいや、実家がこんなに大変なときに、さらに負担はかけられないよ……。それに、お母さんが病院から戻ってきたら、もっとやることは増えるわけでしょう？　お世話もあるし、リハビリにも通うことになるし」

「バアチャンのリハビリはうちでやるから大丈夫だ」

「え？」

「そもそも仕事を辞めるなんて、昌大《まさひろ》くんは反対しないのか？」

「あの人は、自分が困ってなければ気にしない人だから……いいんじゃない？　って。

いろはが放課後に予定を詰め込まれてるのをかわいそうだなって思ってた、鞄を売りたいならいろはが大きくなってから販売員をやればいいだろ、だってさ」

「それでいいのか……」

「あの人にとってはいいんだろうね」

「そうじゃない、未来はいいのかって話だ」

未来さんはわずかに眉をひそめ、肩をすくめました。

「なんかもう、疲れたよ。――そんなわけで来月から、これまでよりはこっちに顔を出せるようになる。手が必要なときは呼んでね」

「もっとよく考えた方がいいぞ」

「これ以上？」

ちょっと拗《す》ねたような口調で言って、未来さんは席を立ちます。ジイチャンはしかめっ面のまま動きません。未来さんがあっさりと玄関に向かったので、慌てて茂さんが見送りに行きました。アタシもそれに続きます。

活きのいいカラスみたいな光沢がある黒革の靴を履いた未来さんは、玄関の外に出て、静かに茂さんを手招きしました。

「お父さん、お母さんのリハビリを家でやるって言ってたけど、こういう病気って退院後も病院のリハビリに通うものじゃないの？　なにかあった？」

　小声で問いかけられ、茂さんは苦々しい表情を浮かべました。えっと、と言い淀《よど》みつつ口を開きます。

「バアチャンの担当医がちょっと癖があるというか、うーん……バアチャンの容体も、治療の方針もまともに説明してくれない、検査結果を連絡するって言ってたのにすっぽかす、そのくせ高圧的っていう、コミュニケーションに難がある感じの人で、ジイチャンがすっかり病院に対する不信感を募らせちゃって。夜な夜な介護やリハビリ関連の動画を見まくってるなと思ったら、もうよその手は借りない、バアチャンの世話は俺がする、結局病気は医者が治すんじゃない、家族の愛情が治すんだ、って言い出すほどかたくなになっちゃったんです」

「うーん……ひどい医者に当たったのは災難だけど、それはそれとして、家族だけで病人の世話を丸抱えするのは色んな意味で危ないんじゃないかな？」

「で、ですよね」

　未米さんは誤って渋柿をつついた若いヒヨドリみたいな表情を浮かべ、頭を抱えました。

「ああ……ううう、そうなんだ。わかった。また今度、お父さんと話をしに来るよ」

「ありがとうございます。……あ、でも」

茂さんはなにかを言いかけ、しかし途中でその言葉を呑み込みました。未来さんは不思議そうに首を傾げます。

「えっと……無理、しないでください。その、俺も居るし……今までジイチャンとバアチャンに助けてもらったんで、できることはやろうって、思ってます」

ぎこちない提案に、未来さんは少し笑って首を振りました。

「ありがとう。でも、茂くんはまだ若いし、これからいろんな可能性があるでしょう。あんまり抱えてほしくないんだ。うちのお母さんのことも、私とお父さんに任せて。気持ちだけもらっておくね」

噛んで含めるように言い、未来さんはぽんぽんと茂さんの胸を優しく叩いて帰っていきました。

居間に戻ると、ジイチャンは口元を押さえた渋い顔で、座卓の一点を見つめていました。

「なあ茂。……店、やりたいか？」

「え」

突然の申し出に、茂さんは十秒ほど沈黙しました。

「す、すぐには答えられない、かな」

「そうだよなあ。今どき、儲《もう》かるもんでもねえしなあ」

深いため息をつき、ジイチャンは天井を仰ぎます。

「もう畳んじまうか。それしかねえよな」

そう、小さな声で言いました。


午前中に買い物代行の依頼を二件、パソコンの設定をする依頼を一件終わらせて金物店に帰る途中、茂さんはどこかの駐車場に車を停めました。アタシが入ったバスケットを助手席から下ろして運んでいきます。周囲から甘く生ぐさい水の匂いと、枯れ草の香ばしい匂いが押し寄せてきます。うん？　嗅《か》ぎ慣れた匂いですね。

「桜さんほら、白鳥が来てるよ」

バスケットの蓋を開けてアタシが取り出されたのは、時々茂さんと散歩に訪れている河川敷の公園でした。銀色に輝く午後の穏やかな川面を、四羽のコハクチョウが泳いでいます。四羽のうち二羽は灰色で、あれがきっと子供ですね。散歩やマラソンをしている人間がときどき目の前を通ります。

茂さんは近くの自販機で温かいコーヒーを買い、ベンチに座ってコハクチョウを眺めながら休憩しています。アタシは草むらに入って虫を探すことにしました。ここのところ家にこもってばかりだったので、外の風がいつもより清々しく感じられます。

ジイチャンも茂さんもしょっちゅう難しい顔をしているので、アタシはてっきりバアチャンは、もう物干し場の地面に横たわっていたウグイスみたいな状態なんだと思い込んでいました。でも一週間前に退院したバアチャンは、それよりもずっと元気な様子でした。杖《つえ》をつきながらですが自分で歩けるし、ごはんもよく食べる。しゃべり方は前よりもゆっくりになりました。機嫌がいいときにアタシを膝にのせ、「さーくーら、さーくーら、いまさーきーほーこーる」と歌う声は前とあまり変わりません。

退院からしばらくの間は、急に具合が悪くなってもすぐに対応できるように誰かがそばにいた方がいいとのことで、朝も夜もジイチャンと茂さんが交代でバアチャンを見守っています。今日は茂さんが引き受けていたお手伝いの仕事をこなすため、日中の見守りはジイチャンが担当しました。そのまま息抜きしてこいよ、と出かけるときにうながされています。

　家を長く離れるのは久しぶりです。二ヶ月近くこもっている間に季節は巡り、風には涼やかで甘い梅の花の香りが交ざるようになっていました。

「梅の花の香りがする」なんて、バアチャンが倒れる以前の茂さんなら手帳に書き留めたかもしれません。しかし茂さんは、ここのところすっかり「いいこと探し」の習慣を忘れてしまったようでした。手帳も、お仕事の予定を確かめるときにしか開きません。

　水鳥を眺める茂さんの目に、本当は水鳥なんて一羽も映っていないように見えます。虫探しに満足したアタシは、茂さんの膝に乗りました。アタシも茂さんもこの公園にはよく通っていて、顔見知りも何人かいるのですが、今日は会いませんねえ。

　茂さんは深く息をつき、アタシの背中に顔を埋め、冷たい鼻の先を押しつけてきました。

「俺が、久保田さんみたいにデキる感じだったらよかった……」

　小さな呻き声と一緒に、心細い秘密の声が、羽毛の隙間から漏れてきます。

久保田さんとその息子の隼人くんは、この河川敷公園で仲良くなったお散歩仲間です。久保田さんは、お隣の二日町で日用品のお店を営んでいます。おうちはもともと三代続く荒物屋で、四代目の久保田さんがお母さんからお店を引き継いだ際に大幅な在庫整理を行い、荒物だけでなく金物や食器、布製品など、日用品ならなんでも扱うお店にリニューアルしたのだとか。代替わりから五年。「日用品のくぼた」は今や地元だけでなく市外からもお客さんが訪れ、生活情報誌にたびたび掲載される人気店に成長しました。

　年が明けて間もない頃、遊びにおいでよと誘ってもらい、アタシたちは明日町商店街の名物「砂糖屋綿貫《わたぬき》」の金平糖《こんぺいとう》を手《て》土産《みやげ》に、自転車で四十分かけて二日町を訪ねました。茂さんも、自分と近い年代の人がとても上手に金物を扱うお店を切り盛りしている、ということに興味を引かれたようでした。

「茂くん、桜さん、いらっしゃい！　さーあ桜さんはこっちに来て。今週から売り出すミニ湯たんぽと一緒に写ってもらおうかな」

　笑顔で出迎えてくれた久保田さんは、さっそくアタシを商品にのせて「えすえぬえす」にアップする写真を撮り始めました。なんですかこの丸っこいもの。あ、あったかい……。

「かわいいでしょうこの鹿《か》の子《こ》編みのカバー。桜さんに合わせて卵色です。ちょっと日当たりのいいところに移動して……あ、ステキ。羽毛のきらめきと、鹿の子編みのおうとつと、サンプルの湯たんぽのトタンの光沢がコラボしていて素晴らしい。表情もとろけてて最高。いやいやこれは売れちゃうね。ありがとう！」

　力強く親指を立てる久保田さんの横で、妻の日葵《ひまり》さんが足元の隼人くんをあやしながらおかしそうに口をゆるめています。河川敷だとちょっと疲れたお父さんでしたが、お店だとこんなにテンションが高いんですね、久保田さん。お客さん向けの姿なんでしょうか。

「日用品のくぼた」は、「川平金物店」とはまったく趣きの異なるお店でした。「川平金物店」が素朴かつ実用一辺倒な小枝を積み重ねたキジバトの巣だとしたら、「日用品のくぼた」は枯れ葉と苔を精巧に組み合わせた、見ているだけで楽しくなるミソサザイの巣です。美しくすみずみまで整えられた巣に、吸い込まれるようにお客さんが入ってきます。川平金物店のように商品を積みすぎて歩きにくいなんてことはなく、壁や棚にちょうどいい量の商品が並べられ、なにやら説明書きのようなものまで配置されています。

驚いたのは、「日用品のくぼた」を訪ねたお客さんは、目当ての商品だけでなく、それまで必要だと意識していなかった商品までこのお店で買っていく、ということでした。カトラリーを買いに来た若い夫婦の片割れが、壁にかかった大きな箒に見とれて「買っていこうかな」と呟きます。「箒なんかなにに使うの？」ともう一方が聞くと、見とれた方は「家の前とか掃除するのにいいじゃない」と浮きたつように笑って箒をつかむのです。商品の一つ一つが洗練されている——すなわち仕入れがうまい、というのはもちろんですが、さらに「日用品のくぼた」は、その商品を使ったらこんな楽しいことが起こる、とお客さんに想像させるのがうまいようです。先ほどアタシをのせて湯たんぽの写真を撮ったのも、そうした仕掛けの一つなのでしょう。

久保田さんはお店を継ぐ前にインテリア関係のお仕事をやっていたらしく、居心地のいい空間を演出するのが好きなのだとか。日葵さんは台所用品のセレクトショップで店長職を務めた経験があり、今でも日本のあちこちの工房から商品を仕入れていて、「日用品のくぼた」に並べきれない商品は「いんたーねっと」上で販売しているそうです。なんて商売に向いた、力強いつがいなんでしょう。

歓談し、二日町の名物だというチーズ入りの大判焼きをいただいた帰り道、自転車を漕ぎながら、茂さんは難しい顔をしていました。

「桜さんと商品を一緒に撮る……そもそも、お店をネットで宣伝するって、考えたことなかったな」

思えば茂さんが川平金物店の跡取りとして扱われるたび、戸惑いを見せるようになったのはその頃からです。自分が本当にお店の経営に向いているのか、きちんと考え始めたことで、これまでにない迷いが生じたのでしょう。

でもアタシは、それを悪いことだとは思いませんでした。アタシも、お友達の鳥たちも、色んなきっかけで生き方を変えます。迷うのも変えるのも、生き物ががんばって暮らしているから起こることで、素敵なことです。

だから茂さんが、迷っている自分に良さを見出せず、久保田さんみたいだったらよかった、と口にするのはアタシは少し切ないです。クウ、と喉を鳴らします。茂さんは少し口元をゆるめ、アタシの背中をてのひらで撫でました。

「なんか俺、幽霊みたい。ジイチャンもバアチャンも未来さんもいろはちゃんも困ってるのはわかるけど、なんにも具体的に助けられないの」

そんなことないと思いますけどねえ。バアチャンのお世話も家のことも折半してくれて、明らかにジイチャンは助かってると思いますよ？

とはいえ、川平金物店はジイチャンのお店で、畳むか続けるか、決めるのはジイチャンです。バアチャンの介護をどうするかも、まずはつがいであるジイチャンが考えることですし、さらに娘の未来さんが関与している以上、茂さんの意見はそれほど求められていません。未来さんのお仕事と育児の話は、茂さんとアタシからすれば隣町のカラスの縄張り争いくらいわかりにくい話です。

この、どの問題からも少しずつ立ち位置が遠いことも、茂さんの悩ましさの理由の一つになっているのかもしれません。

薄く日が差した遊歩道に数羽のドバトが降り立ち、茂さんに近づき――あ、食べ物はなにもないですう――動かない茂さんをつまらなそうに見上げ、アタシに対しては「なにしてんの？」と言いたげに首を傾げて去っていきました。辺りはとても静かです。茂さんの膝が温かいのでアタシはだんだん眠くなってきて、座って丸くなりました。玄米餅モードです。少しして、背中を撫でられる感覚がありました。草がさらさらと鳴っています。問題はなに一つ解決しないけど、穏やかで気持ちのいい日です。

奇妙な鳴き声が流れてきたのは、そんなときでした。

――ホ、キョ、キョキョ、キョ、ホ

なんでしたっけこの、甘ったるいさえずり。聞き覚えがあるような、ないような。

ひとまず、鳥であることは間違いなさそうです。周囲の藪に隠れているらしく、姿は見えません。茂さんは声のする方向へ顔を巡らせました。

「この鳴き声は……えっと」

茂さんも思い出せないようで、もどかしげに眉をひそめます。続けてその小鳥は、細やかに喉を震わせて膨らみのある音を立てました。

――ホー……ホホホホ、ピキョ

「あ、ウグイスか。さえずりの練習してるんだ」

ウグイスって、その気になったらすぐに喉からホーホケキョって音が飛び出すわけじゃないんですね！　こんなに面倒くさい練習が必要だったとは。

藪の中のウグイスは野次馬に構わず、地道に声を張り続けます。

――ホー……キョキョキョキョピキョ

――ホキョピキョ

――ホキョ、キョ、キュピ……ヂュヂュン！

途中で明らかに投げやりになりましたね。なかなか「ホーホケキョ」への道のりは遠そうです。先ほどまで深刻な顔つきだった茂さんも、思わずといった様子で頬をゆるめています。

「練習中は練習中で、よさがあるね」

そうですかあ？

「うちに突っ込んできた子も、今頃どこかで練習してるかな」

してると思いますよ。あのウグイス、いかにも不器用そうですし。

しばらくウグイスの下手な鳴き声を聞いていた茂さんは、「あっ」と小さな声を上げて、ズボンの尻ポケットから手帳を取り出しました。とても久しぶりに、「いいこと」を書き込んだページを開きます。

「練習中のウグイスに会った、と……」

口と一緒にボールペンを動かし、一行を書き加えた茂さんは、ページの上から下まで埋まりつつあるリストをじっと見つめました。

この冬にあった、いいこと。バアチャンが倒れるだなんて大変な冬の間にも、たしかにあった、いいこと。

うん、と一つ頷き、手帳をしまった茂さんは、アタシを膝から下ろして立ち上がりました。

落ち着いた足取りで川のそばへと歩いていきます。草の実をついばみつつあとへ続くと、茂さんは踵を浮かせて伸び上がり、川面でくつろぐハクチョウとカモの群れを眺めていました。まるでなにかを探すように、視線をさ迷わせています。

ふいに川岸の草を掻き分けて、ポケットがたくさんついたベスト姿の男性が顔を出しました。手には釣り竿《ざお》とクーラーボックスを持っています。茂さん、続いて足元のアタシを見て、おや、と眉を上げます。

「チャボの兄さんじゃないか。久しぶりだな」

「あ、どうも」

前にアタシらに小魚をくれたおじさんですね。おじさんは茂さんが川に向かって身を乗り出しているのに気づき、不思議そうに続けました。

「どうした、なにか落としたか？　タモ持ってるぞ」

「いえ、そうじゃなくて……すみません。あの、バリがいないなって」

「バリ？」

「バリケンです」

「バリケン？」

体が黒と白のまだらで、顔が赤くて、と姿の説明を受け、おじさんはようやくアア、と腑《ふ》に落ちたような声を出しました。

「なんだあの変な鳥、バリケンなんて名前だったのか！　あいつなら、もっと下流の草むらで見たよ。移動したんじゃないか？」

「そうですか」

茂さんはほっとした様子で笑みを浮かべました。どうやらバリケンのお姉さんのことが心配だったようです。おじさんは意外そうに目を丸くしています。

「兄さん、あの鳥が好きなのか。変わってるなあ」

しみじみと口にされて、茂さんは少し照れくさそうにうつむきました。

「たった一羽で、しかもすごく目立つのに、カモや他の鳥の群れの中でも堂々としてるじゃないですか。俺は自分に向いてない場所でもなじまなきゃ、早く仲間に入れてもらわなきゃって、焦るたちだったんで……あんな風に堂々と、居る場所を自分で選べるようになれたらいいだろうなって」

アタシは、ずいぶん驚きました。

茂さんがあのバリケンの姉さんを気にしているのは知っていましたが、まさかそんな憧れを持っていたなんて。釣り竿片手のおじさんはバリケンのお姉さんを思い出す素振りで宙を見上げ、おかしそうに歯を見せて笑いました。

「そうだな、なんかふてぶてしいよな。カモの尻をつついたり、亀を蹴散《けち》らしたり。バリケンがっつうより、ありゃあの鳥の性格だろうな」

今日はさっぱり魚が釣れず散々だった、と言うおじさんを見送り、茂さんは飲み終わったコーヒーの缶をゴミ箱に捨てました。アタシを入れるバスケットの蓋を開け――悩みを思い出したのか、ううん、と喉を鳴らして考え込みます。

「いや……うん。俺も……練習しながら、できることをしよう」

小さく呟き、アタシをバスケットに入れた茂さんは再び車を運転して、川平金物店に帰りました。

母屋の玄関にたどり着くと、ちょうどコートを羽織った未来さんが出てくるところでした。またジイチャンと言い合いになったのか、眉間に険しさが残っています。

「ああ、茂くんおかえりなさい」

「戻りました」

「もうだめー、うちのお父さん頭固い。お前は仕事を辞めるな、バアチャンのリハビリは俺が一緒にやるから大丈夫だ、いろはも今まで通り来させればいい、なにも問題ない、の一点張り。問題ないわけないじゃん！　あんなにやつれてさ。このままじゃお父さんも倒れちゃう」

「そうならないよう、なるべく見ておきます」

「ごめんね、すっかり茂くんに頼っちゃってる。前の病院の外来リハビリはお父さんが断っちゃったけど、なるべく早く説得して、他のリハビリセンターにお母さんが通えるよう道筋を作るつもり。また来るね」

　未来さんはしかめっ面で帰っていきました。未来さんも、自分だけでなくジイチャンやバアチャンの悩みまで抱えて、あまり余裕がなさそうです。

　バアチャンが倒れた、という一つのわかりやすい出来事が、どこまでも複雑で手のつけにくい問題に膨れ上がっています。バアチャンはそれだけ広く深く、川平家全体を支えてたんですね。

「おう、ちょっと会合に出てくる。夕飯は角煮を作ってあるから食ってくれ」

「わかった。いってらっしゃい」

　茂さんが居間に入ると、ジイチャンはジャケットを羽織って入れ違いに家を出ていきました。やつれた、と言われている通り、ジイチャンは頬がずいぶんこけました。目の動きや動作がいつも気ぜわしく、体全体を覆う空気がぴりぴりしています。まるで激突したウグイスを見てパニックに陥りかけたアタシのようです。まっ黒い不安で視界が狭まり、どんどん焦って苦しくなっていく、あの感じ。

　バアチャンは座卓で蜜柑を食べながら、雪がどっさり降った地域で催されている雪像や氷像を集めたお祭りの中継番組を眺めています。いつも忙しそうに飛び回っていた人がお昼からのんびりテレビを観ているのはちょっと新鮮な感じです。アタシはバアチャンの体にお尻をくっつけて座りました。

「茂ぅ」

　バアチャンが、忘れものでも思い出したような声で茂さんに呼びかけました。台所のポットのお湯を使って、インスタントの紅茶を用意しながら、茂さんは「んー？」

と間延びした返事をします。

「ジイチャンと未来は、なんか喧嘩でもしてるのかい。かっかかっかしてさあ」

茂さんは返事に迷っている様子で、ううん、と喉を鳴らしました。紅茶が入ったマグカップを持って座卓につきます。

「喧嘩じゃなくて、バアチャンのリハビリをどうやっていくのがいいかなって、ジイチャンと未来さんで相談してるんだよ。前に入院してた病院のお医者さんの印象がちょっと悪かったから、ジイチャンはあんないやな思いをするならリハビリは家でやれば十分だって言ってて、未来さんはあの病院がいやなら別のリハビリできる場所を探そうって言ってる」

「たしかにあの医者はいやだよ。忙しいんだろうけど、すごい早口でさ。説明がわからなくなって聞き返すと、いま言ったのに聞いてなかったの？　ってわっと怒るんだ。怖いから、もう最後はなーんにも聞かなかった」

「そっか……」

茂さんは紅茶に口をつけ、少し迷ってから切り出しました。

「バアチャンはどう思う？　退院したばかりの頃、少し手が動かしにくいって言ってただろう。歩くのも、今は杖を使ったり使わなかったりだけど、どんな具合？　このまま家でジイチャンと一緒にリハビリしてるだけでいいと思う？　それとも未来さんの言うように新しいところに通いたい？」

　バアチャンはゆっくりとまばたきを刻み、蜜柑のかすを指から払い落としながら首を傾げました。

「そんなこと言われても、わかんないよ」

「そっ……そうだよね、俺もわかんない。たぶんジイチャンと未来さんも、わかんないと思う……ジイチャンはもう意地になってるけど、正直これでいいのかわかんないから、不安でやつれてるんじゃないかな」

「わかんないからさ。わかりそうな人に聞いてみよう」

「え？」

「茂、『うさぎや』に電話をかけておくれ」

　茂さんは「うさぎや」ではなく、真悟の「すまほ」に電話をかけたようでした。二時間後、店じまいを済ませた真悟と武子さんが訪ねてきました。真悟はどことなく混乱した様子で、「今夜うちはシチューだったんだ」と言いながら両手で運んできた大きな鍋をうちのコンロにのせました。茂さんも圧力鍋の蓋を開け、作り置きの角煮を真悟に見せています。

困惑した孫たちが共同で夕飯の支度を進める間、バアチャンたちは居間できゃあきゃあと肩を叩き合い、楽しそうにはしゃいでいます。

「園枝《そのえ》ちゃんずっと会いたかったんだよ！　でもね、退院直後でどうかな、落ち着いてからの方がいいかなって尻込みしちゃってさあ。ああ、元気そうでよかった。ほっとしたよ」

「元気だよ。元気なんだけど、ちょっとややこしいことになっちゃって、武ちゃんに相談に乗ってほしいんだ」

武子さんは去年の転倒による骨折で入院して以降、この際に体のあちこちの不調を治してしまおうと、暇を見つけては整形外科のみならず様々な科の病院通いをしているそうです。待合室での知り合いも多く、この地域の医療情報ならどこの医者とどこの医者が恋仲で、どこの医者がどこの医者に金を借りているのかまで把握《はあく》しているのだとか。

入院時のトラブルを説明し、続いて近所で評判のいいリハビリセンターを聞いたところ、武子さんはぐっと身を乗りだしました。

「私が通ってた病院のリハビリテーション科、すごくいいよ。整形外科の他に脳神経外科もやってる病院で、両方の患者さんが来てた。先生たちは穏やかだし、理学療法士さんは明るくて楽しい雰囲気になるよう気を遣ってくれる人が多かったよ」

「そうか、それはいいねえ」

「あとはあれだね、紹介状」

「……それが困るんだよなあ。怖いんだあの先生。もう会いたくないよ」

バアチャンは両手で顔を覆います。すると、食事を運んでいた茂さんが足を止めました。

「バアチャン、俺も一緒に行くよ。それで先生がいやなしゃべり方したら、そういうのやめてくださいってちゃんと言う。だから、紹介状書いてもらって安心して転院しよう?」

茂さんに背中を撫でられ、バアチャンは小さく頷きました。目尻からぽろりと涙が落ちます。きっと頼りたい相手に頼れなかったジイチャンも、本当は怒るより泣きたい気持ちだったんでしょう。

　湯気の立つシチューと角煮、人数分の浅漬けとごはんが座卓に並びました。バアチャンたちはビール、孫二人は缶のレモンサワーを二つのグラスに分けて飲んでいます。

「そういえば園枝ちゃん、お店はいつ開けるの？」

　武子さんの問いかけに、バアチャンはシチューを食べながら眉をひそめ、短くうなりました。

「うちのジイチャンがだいぶ弱気になっててね。かといって、私も前と同じように働けるとは思えないし」

「幸太郎さん、本当に今回の件がショックだったんだね。あの人、園枝ちゃんにベタ惚れだものねえ」

「茂、うちの店を継ぐ気はあるのかい」

　まるでぽんとゴムボールでも投げ渡すような軽やかさで、バアチャンは茂さんに問いかけました。ちょうどレモンサワーを口に含もうとしていた茂さんがごふっと咳き込み、真悟が慌ててティッシュ箱を差し出します。

濡れた口を拭き、手の動きで真悟にお礼を伝えた茂さんは、シチューと角煮のお皿をじっと見つめました。耳がだんだん赤くなっていきます。

「……こういうときに役に立てたらいいのにって思うし、この商店街では俺よりずっと年下の人が、堂々と家業を継ぐ決心をしてるのに、情けないなって思う。けど……俺はやっぱり、小売りの店を持つのは向いてない気がする。無理に継いだところで、俺も店も、あまりいい方に向かわないと思う。……ごめん、バアチャン。世話になってるのに、ごめん」

声を詰まらせる茂さんの横で、真悟が戸惑いをあらわに他の三人を見比べています。えっ、僕この場にいて大丈夫？　と言いたげな表情です。よっぽど視線の預け先に困ったのか、アタシにまで目を向けてきます。知りませんよう。

「そんなこと気にしなくていい。茂は自分がやりたいと思うことをやればいいんだ」

バアチャンはそう言って、アタシの体を軽くぽんと叩きます。

「チャボに、タカみたいに空を飛べなんて言うやつがいたら、そいつの方がおかしいだろう？　それと同じだよ。チャボはチャボらしく、タカはタカらしく、それぞれの幸せを追いかけるのが一番だ」

チャボ、それなりに飛べるんですけどねえ。まあアタシは飛べませんが。

「それじゃあ茂、他に店をやりたいって人を知らないかい？　友達でもさ」

二度目の軽やかな問いかけに、茂さんは目を丸くしました。

「ほ、他？　バアチャン今、他って言った？　そんな、俺の友達とかでいいの？　いや、友達いないけどさ……」

聞き返す声が裏返っています。バアチャンはなぜそんなに驚かれるのかわからないとばかりに眉を持ち上げて頷きます。

「あ」

唐突に真悟が声を出しました。もどかしげに手を動かし、なにか思い出そうとしています。

「えっと、あれ、えー……このあいだの、川平さんが休んだ青年部の会合で、似たような話が……饅頭屋《まんじゆうや》だ！　駅の向こう側の饅頭屋が、店主が体調を崩してもうあんこ炊きが厳しいってんで、別の町の和菓子屋に事業を譲渡したんだ。あんこの炊き方や商品のノウハウを継承して、これからもお客さんは変わらない商品が買えるように采配したらしい。そういう話……で、合ってます？」

真悟が自信を失いつつバアチャンに聞きます。バアチャンは少し考えて、そういうのもありかもねえ、と相づちを打ちました。

「少なくとも、なんの手も打たずにこのままシャッター下ろしてハイおしまい、ってなるよりはずっといいだろう？　いいところに事業を引き継げたら、うちのお客さんに迷惑かけないで済むしさ」

茂さんは口に手を当て、しばらく静かに考え込んでいました。

「今度……青年部の会合で、いい当てがないか他の人たちに相談してみる。饅頭屋の話も、どこが仲介したのかとか、色々……いや、お前が継がないのかよって言われそうだけど、言われるんだろうけど、うん」

「川平さん、それは気にしないでいいと思うよ。たしかに言いそうな人はいるけどさ。でも、川平さんの判断も、お店や商店街のこと真面目に考えないと出てこないものだもの。川平さんを茶化す人がいたら、僕がそういうのやめてくださいって言うよ。援護射撃するよ」

真悟は両手の人差し指と親指で鉄砲のような形を作り、ぱんぱんと撃つ真似《まね》をします。

茂さんは友達がいないって言ってますが、そんなこともないのかもしれません。茂さんは眉尻を下げ、なんだかとても久しぶりにリラックスした笑みを浮かべました。

「結局、私もお父さんも、お母さんが困らないようにしなきゃって焦るあまり、お母さんがなにを望んでいるのか、あまり本人に確認しないまま話を進めてた気がする」

バアチャンが友人に勧められた病院を受診してリハビリを受けるようになった、という話を聞いた未来さんは、喜び半分、申し訳なさ半分の複雑な表情で訪ねてきました。手には来る途中に花屋で見つけたという白い蕾《つぼみ》がついた木蓮《もくれん》の切り枝を三本持っています。茂さんはそれをブリキのバケツに挿して玄関の上がり框に飾りました。くちばしを撫でる淡い香りが、居間の方まで漂ってきます。

「お父さんはすぐに納得したの？」

「なんか、同じ商店街の人が通っていてとても良かった、っていう情報で、警戒心がだいぶ下がったみたいで」

「そうかあ。上の世代の身近な口コミへの信頼感、もっと早く気づけばよかった」

「たまたまです。たまたま、うまくいって良かった」

未来さんは落ち着いた動作でお茶を飲み――ああ、これまではジイチャンと言い争う姿ばかり印象に残っていましたが、こうして肩の力を抜いていると、未来さんのおでこの形と、柔らかく人なつこいまなざしはバアチャンそっくりです――なにか考え込む素振りで手の中の湯呑みを見つめ、たまたまじゃないよ、と呟きました。

「私やお父さんみたいにごっつんごっつん壁にぶつかるんじゃなくて、茂くんが別の切り口を探してくれたから起こったことだよ。感謝してる」

「いえ……」

茂さんは口をむぐつかせ、視線を未来さんから窓の方へと移しました。はっきりとお礼を言われて、照れくさくなったようです。

明るい日差しを溜めたガラス窓には、うっすらと光る植物の模様が白っぽく浮かび上がっています。なんでもこれは鳥にガラスの存在を教えて衝突を予防するステッカーだそうで、茂さんが家中の大きめの窓に貼り付けてくれました。おかげであのウグイス以降、川平家の窓にぶつかるおっちょこちょいの鳥は出ていません。

しばらくお茶の水面を見ていた未来さんが、ふっと顔を上げて、茂さんを見つめました。

「感謝ついでに、聞きたいんだけどさ。店の貼り紙を見たんだ。茂くん、お手伝いさんをやってるんだよね？　三十分五百円の」

「あ、今は値上げして、三十分六百円にしてます」

「それでも安すぎるよ。もっと取りなよ」

　未来さんはちらりと苦笑して、「すまほ」を操作しました。

「週に二回、二時間で三千円出すから、いろはを見てもらうの、正式に依頼できないかな」

　茂さんは首を傾げ、しばらく黙り込みました。

「……これって、身内だからこその依頼ですよね。未来さんも、二十代半ばのよく知らない男には、いろはちゃんの子守りは任せない」

「そりゃそうよ」

「近所に子供がたくさん集まる文具店をやってる同級生がいて、そいつの店でたまたま親御さんの一人に聞いた話なんですけど……地域の子育て支援事業に、子供を預かることができる人と子供を預けたい人とをマッチングする事業があるみたいです。子供を預かる側の会員は、自治体やセンターが実施する講習を受けてからじゃないとサービスを提供できない。預ける前に事前の顔合わせが必須だから、先方の顔も住所もわかった上で、ある程度安心して子供を預けられるとか。少なくとも講習を受けている分、その人たちの方が俺よりちゃんといろはちゃんを預かれる。俺に任せるんじゃなくて、その事業を利用した方がいいと思います」

「週に二回くらい家族に預けてリラックスさせてあげたい。そう思うのって変かな」

「いろはちゃんが、そうしたいって言ったんですか？」

未来さんの目にちらりと、魚の影のような迷いがよぎります。茂さんは特に表情を変えず、穏やかな口調のまま続けました。

「俺が聞いた限り、いろはちゃんは急に学童に行けなくなったことには驚いてたけど、習いごとは楽しいって言ってました。それをかわいそうって決めつけてしまうのも、なんだかんだ言って家族が世話をするのが一番、みたいな考え方も、こう……ジイチャンが一番追い詰められてた頃の、『病気は医者が治すんじゃない、家族の愛情が治すんだ』にちょっと似てるっていうか……いずれ行き詰まりそうな、閉塞感《へいそくかん》が漂ってるなって、思います」

「……言ってくれるう」

　はあ、と深いため息をつき、未来さんは座卓に上半身をぺたりと伏せました。

「いいアイディアだと思ったのになあ……」

「その事業のこと教えてくれた親御さん、紹介しましょうか。たぶん色々聞けば連絡先わかると思います」

「んー……どこ小の人？」

「えっと、お子さんが緑の通学帽だったから……明日町第二？」

「あれ、うちと同じだ。なんて人？」

「国森《くにもり》さんっていう人です。ロングヘアで、パーマかけてて、ウェリントンっていうのかな。あの、存在感のある黒縁眼鏡かけてる」

「知り合いだわ……え、国森さん、そんな便利な預かりサービス使ってるんだ。えー、今夜電話して、どんな具合か聞いてみよ」

　これから学習塾までいろはちゃんを迎えに行く、という未来さんをお見送りするため、アタシと茂さんは居間を出て玄関へ向かいました。手を振って去っていく未来さんを送り出してふと、周囲に漂う花の匂いが少し強くなっていることに気づきます。よく見ると、切り枝についた木蓮の蕾の一つがほころび始めていました。

「すごいな。咲きかけって初めて見た」

茂さんも物珍しげに目を丸くして、手帳を取り出しています。ページの間に挟んであったボールペンを手に取り、ほころんだ蕾と書き込みで埋まったページを見比べて、急におかしそうに笑い出しました。

「冬が終わったんだ」

呟く声には、目の前の木蓮の蕾と同じ、新しい季節を迎える喜びがにじんでいます。はい、冬が、終わりました。とても大変で、とても危なかった、だけどいいこともきちんとあった、冬が。

「桜さん、俺、去年の冬にあったいいことを一つ、思い出したよ」

茂さんの指が伸びてきて、アタシのあごの辺りの黒い羽をくすぐります。

「まだひよこだった桜さんを、コートのポケットに入れて帰ったんだ」

――ホー……ホケッ、キョ、キョン
玄関の引き戸の向こう側。実は一年中そばにいる地味な鳥が、もう少しで練習を終えそうです。

4

　空から下りてくる竹とんぼみたいに五枚の花弁を水平に回転させ、白い花が一つ、また一つと降ってきます。

　チチュ、チュチュン、と頭上で弾んでいるのはスズメの声です。出会ったばかりなのか、体を近づけたり離したり、どこか初々しいカップルが五分咲きの桜の花の根元をちぎって蜜《みつ》を吸っています。

『おいしいね、おいしいね』

『川沿いの並木よりここの花の方がおいしい』

『あとで群れのみんなも連れてこようよ！　他の群れに食べられる前にお腹いっぱい食べよう』

　やめてくださいよ、週末にはここで桜祭りがあるんです。それまでに木を坊主にするつもりですか。

　クク、と非難の意味を込めて鳴いてみますが、頭の中まで桜が咲いていそうな二羽の耳には届きません。

「茂ちゃんどうだ。うまくかかったか？」

「もう少しです……よっと」

　アタシの相棒の茂さんは、アルミ製の三段脚立にまたがって公園内の樹木に電飾を巻きつけています。脚立の足元を支えているのは、うちの金物店の向かいにあるブティックの主人です。名前は浩二といいましたかね？　肌寒さが残る気候だというのに、よく日が当たった砂場みたいな色のジャケットに爽やかな空色のシャツを合わせた薄手の装いです。まだ家の中でもどてらを着ているうちのジイチャンに比べ、華やかで身軽な服装の浩二は、繁殖期前の換羽をいち早く終えた雄のオシドリのようにシャキッとして見えます。

「かかりました！」

　茂さんが両腕で大きなマルを作ると、浩二は公園内の電源装置につなげた機材のスイッチを押しました。公園中の木に巻かれた白い電飾が一斉に点灯し、驚いたスズメのカップルが文句を言いながら飛び去ります。まだ日中なのでそんなに明るさの違いを感じるわけではないのですが、枝が光るとなんとなく楽しげな雰囲気が漂いますね。

「切れている電球はなさそうですね。色、白でどうでしょう？　桜祭りだからピンクもいいんじゃないかって意見も出てましたが」

「うーん、ピンクもたしかに祭りっぽいけどなあ。夜桜の色が見えにくくなりそうだ。それに、祭りの前日から吊るす提灯《ちょうちん》はピンク色なんだろ？　電飾は白でちょうどいいと思うぞ」

「たしかに……。じゃあこれにしましょう。俺、防水対策が大丈夫かもう一回チェックしてから行きます」

「おう、お疲れさん。金物屋によろしくな」

にっと小粋に口角を上げた浩二は、背を丸めて両腕をさすりながら自分の店の方角へ歩いていきました。あ、やっぱり寒いんですね。

茂さんは金物店から持参した脚立を畳み、設置した電飾と機材の点検を始めました。

その茂さんの後ろ髪をひらりとかすめて、また一つ桜の花びらが流れていきます。

風はほのかに冷たいけれど、もっとも寒かった頃に比べると格段に日差しは暖かくなりました。間近にそびえるスカイツリーの桜色のライトアップ、さらには桜祭りの開催に向けたチラシの効果もあってか、商店街を行き交うお客さんの数は普段の倍くらいに増えています。観光バスでやってきた団体客の他、様々な国旗を掲げたガイドが先導するツアー客の姿も見られます。知ってますよ、あの旗を掲げているのは、わざわざ海を渡って遠い土地からやってきた人間たちなんですよね。勇敢な渡り鳥のような彼らの、茂さんやジイチャンのそれとは全然違うなめらかなしゃべり方、きびきびと弾むようなしゃべり方を耳にするたび、アタシは人間の鳴き声の複雑さに感心します。複雑であるとはすなわち種が色々な環境に適応しているということで、かっこいいことです。

それにしても、目に映るなにもかもが賑やかで、明るくて、妙に足がむずついて落ち着かない。これが春ってやつなんですねえ。

植え込みからにょろりと顔を出した迂《う》闊《かつ》なミミズを食べていると、機材の点検を終えた茂さんに「桜さんちょっと」と呼ばれました。なんですかね？　近づくと、茂さんは地面に落ちていた桜の花を拾い、なぜかそれをアタシの頭にのせます。

「春の桜さん。写真を撮ってもいい？」

構いませんが、これさっきのスズメのカップルが蜜を吸い終えて捨てたゴミですよ？

茂さんは「すまほ」の背中をこちらに向けて、パチッと音を鳴らしました。やけにうれしそうに「すまほ」を指で叩き、ズボンのポケットにしまいます。

「おまち堂で弁当を買って帰ろう。バアチャンはサバ味噌、ジイチャンはのり弁がいいってさ」

　そうしましょう、そうしましょう。ジイチャンの料理はしょっぱいんだあってバアチャンがぼやいてましたし、ゲンエンだかなんだか、しょっぱくない方のお弁当を選んであげるといいんじゃないですかね？　まあアタシは、お塩の味ってよくわかんないんですけど。

　アタシのおしゃべりの内容は、今日もまるで茂さんには伝わりません。でも茂さんは「じゃあ行こう」と頷いてアタシの体を撫でてくれます。アタシが今うれしいのか、辛いのか、楽しいのか、つまらないのか、ちゃんと茂さんはわかってくれます。アタシも、茂さんは感じていることをあまり顔つきや動作に出さない人ですが、たとえ後ろ姿だって茂さんがそのときどんな心持ちでいるかはなんとなくわかります。

いつもの道順でいつもの買い物を済ませ、左手にアタシが入ったバスケット、右手に温かい三つのお弁当を提げた茂さんは、居候している川平金物店へ向かいます。

そして——シャッターが下りた店の前で足を止めました。少し手前のわき道に入って、店の裏側へ回るようにして母屋に行く方が早いとわかっているのに、つい店の前まで歩いてしまった、という感じでした。

茂さんのことはなんでもわかる。そう自負するアタシでも、シャッターを下ろした川平金物店の前で茂さんがなにを感じているのか、汲《く》み取るのはとても難しいです。もしかしたら、茂さん自身にもよくわかっていないのかもしれません。

お店をどなたかに引き継ぎたい。できれば現在利用してくれているお客さんが困らないように商売を続けてくれる方だとありがたい。そんな要望を商店街の組合を通じて付き合いのある商店街や心当たりのある店舗に呼びかけてもらったところ、幸いなことにいくつかの申し出があったそうです。バアチャン、ジイチャン、茂さんの三人で申し出てくれた方と会い、お店をすでに持っている方ならばそのお店を訪ね、なにかしらの条件が折り合わずにお断りし、また次の申し出と向き合ってと、そんな試行錯誤が二週間ほど続きました。

　二月の半ばに茂さんの「すまほ」が鳴り、それから一気に物事が動き始めました。なんとお隣の二日町の久保田さんから、川平金物店の事業を引き継ぎたいと申し出があったのです。

「茂くんのお話を聞いて、うちの妻がやっぱり自分が差配する台所用品の店を持ちたいって打ち明けてくれたんです。明日町なら距離的にうちと倉庫を共有できるし、連携しながらやりやすいかと思いまして」

　久保田さんが切り盛りする「日用品のくぼた」は二日町で人気の雑貨店です。もともとは荒物屋で、金物も扱っており、商売の形態としてかなり近い部分があります。

　一番喜んだのはバアチャンです。

「久保田さんなら、先代と会ったことがあるよ。もう二十年近く前かな、二日町と合同でフリーマーケットをやってね。会場の設営を仕切っていたのが久保田さんだった。明るくて頭のいい人だったよ。あの女性の息子さんなら、金勘定もしっかりしてるんじゃないかね」

　反対に、戸惑いを見せたのはジイチャンでした。

「そんなにうまい話があるのか？　なんか落とし穴でもあるんじゃねえの」

しかし三人で「日用品のくぼた」を訪ね、丹念で美しいミソサザイの巣のような店内を見学し、久保田さん一家と挨拶を交わしたジイチャンは意見をひるがえしました。

「こんなにいい話、断ったらもったいねえ。ここはいい店だ。うちの商店街のお客さんにも、こんな店での買い物を体験させてやりたい」

ジイチャンとバアチャンは日葵さんの足にしがみついていた隼人くんとハイタッチをするほど久保田さん一家と仲良くなり、別れ際には見送りに出てくれた三人に「これからよろしく頼みます」と頭を下げていました。

川平金物店にとって、とてもいいかたちで物事が進行しているのは間違いありません。商売はいきなりすべてを日葵さんに投げてしまうのではなく、初めの半年はバアチャンとジイチャンが手伝って現在の取引を引き継ぐことになりました。これまでのお客さんに安心して通ってもらうため、茂さんもしばらくは従業員として新しいお店で働き続ける予定です。

三月の頭から二週間は、閉店に向けたセールを行いました。古くからのお客さんや商店街の人たちが次々に顔を出し、ずいぶん賑やかだったのを覚えています。誰もが長く商売を続けた二人をねぎらい、バアチャンの体をいたわってくれました。
最後の営業を終えた夜。ジイチャンは座卓の前に正座をして、白い紙に向けて筆ペンを走らせました。

お客様へ

川平金物店は三月十五日をもちまして閉店しました。
夫婦二人で四十七年、皆様に支えられて幸せな日々を過ごすことができました。
誠にありがとうございます。
お店は「日用品のくぼた」さんに引き継いで参ります。
改装を経て、夏頃にまたオープンする予定です。
身の回りのことでお困りの際は、変わらずお立ち寄りくださいませ。
皆様のご健康とご多幸をお祈り申し上げます。

川平金物店　家族一同

一文字ずつ丁寧に挨拶文を書きながら、ジイチャンはずっと歯でも痛んでいるかのようなしかめっ面をしていました。バアチャンは途中で席を立ち、廊下に出るとハンドタオルを何度も目元に当てていました。ジイチャンの挨拶文が書かれた紙は、茂さんがなにやら透明な薄い膜のようなものに挟む加工をしてシャッターの正面に貼りつけました。

　そして、二週間経った今も貼られたままです。初めの数日は立ち止まって読む人も多く見られましたが、いつのまにかごく普通の景色として素通りされるようになりました。

　日差しが暖かくなり、桜が咲いて、人通りが増えて。川平金物店が閉店しても、まるで関係なく世界も世間も動いていく。それは当たり前のことなのに、日中に下りているシャッターを見るたび、アタシは少しぽかんとしてしまいます。道へあふれ出しそうなくらいに商品が積まれた店先、レジ前で居眠りをしているジイチャンの姿——

どれだけ目に焼きついていても、あの景色はもうないんですね。

「桜さん、行こう」

茂さんに運ばれて、アタシはわき道から母屋と倉庫が連なる店の裏側に入りました。倉庫では、入り口の扉を開け放ってジイチャンが作業をしています。

「ジイチャン、弁当買ってきた」

「ありがとよ。ひゃー、動くとあっちいや」

首にかけた手ぬぐいで汗を拭きながらジイチャンが倉庫から出てきます。

「おう、あれあったぞ。老人ホームが欲しがってたアルマイトのでかい鍋。あと、デッキブラシもあったけど、金具が錆びてた。いいのか？」

「ありがとう。写真を撮って、先方に確認してみるよ」

川平金物店の倉庫には、四十七年分の売れ残った商品がみっちりと詰まっています。整理を先送りにしてきたせいでここ数年はほぼ倉庫が機能せず、店舗二階や母屋の一室にまで商品があふれ出していました。閉店にあたり、茂さんは店頭だけでなく倉庫内の商品も点検し、「いんたーねっと」を通じて安値で売ったり、状態が悪ければ無償で譲渡したりと処分を試みているようです。

「あと、さっき白菜農家の豊中《とよなか》のえっちゃんから電話があったぞ。午後の空いてる時間帯に、先代が趣味のもんを溜め込んでた離れの整理を手伝ってほしいんだとよ。行けるか？」

「わかった。あとで電話する」

「なんだかんだ、店を閉じても忙しねえなあ」

ジイチャンは両腕を上げて大きく伸びをし、億劫そうに首を回しました。気が紛れていいんじゃないですかねえ。

昼食後、豊中さんのお宅を訪ねる前にアタシたちは商店街へ買い物に出かけました。なんでも豊中さんからはたびたび野菜のおすそ分けをいただいているらしく、手土産を持っていってほしいとジイチャンに頼まれたのです。

「苺《いちご》大福でも持っていこうかな」

そう呟き、茂さんは和菓子屋がある商店街の入り口の方向へ足を向けます。アタシももちろんお供します。

ずらりと並んだ商店街の店舗は、どこも春を意識した商品を店頭に並べていました。桜あんぱん、菜の花のお惣菜、ウグイス餅……三ヶ月ほど前にうちのガラスに激突したせっかちなウグイスは元気でしょうか。そこらじゅうでホーホケキョ、ホーホケキョとやかましく鳴いているので、もうどれが彼の声なのかわかりません。

　初めはお散歩がてら茂さんの隣を歩いていくつもりだったのですが、お客さんの往来がとても多く、今にも踏まれそうで危なっかしいため、途中からアタシはバスケットに入れてもらいました。様々な商店の店先で、顔なじみが呼び込みをしています。いらっしゃいいらっしゃい、はい、桜祭り開催記念のセール中です。チラシのクーポン券も使えます！　桜のアクセサリーパーツ入荷しました。ミモザの花束はいかがですか？　夜桜見物にピッタリ、お花見弁当はこちらです。招きうさぎのカプセルトイ、春の限定バージョンやってまーす！

　ああ、みんな働いている。アタシらも負けていられません。どうにか店の商品を春にこじつけて売らなければ――と胸の中で盛り上がった気持ちが、少し遅れてしゅんとしぼみます。そうでした、もうアタシたちのお店はないんでした。やっていたことが終わるって寂しいですねえ。

　和菓子屋の近くで、急に茂さんは足を止めました。知り合いにでも会ったのかな？　バスケットの蓋を浮かせて、アタシはひょいと外を覗いてみます。

茂さんは誰と話し込むでもなく、通りの一点を見つめていました。道の端に、大きなスーツケースと小さな子供用のスーツケースに挟まれるようにして立っている女の子がいます。うつむいて、心なしか不安げです。何本もの三つ編みをカラフルなリボンで結び、レースがついたかわいらしい薄紫色のワンピースを着ています。茂さんを始め、この辺りに住んでいる人間の多くは蜜柑の色を薄めたような肌の色をしていますが、その子の肌は深い茶色です。年は、いろはちゃんと同じくらいでしょうか。

いろはちゃんと同じくらい――なので、一人で出歩いていてもおかしくはないのですが、その子のそばに置かれた大きい方のスーツケースは、明らかに子供の手には余ります。きっと大人と一緒に行動していたのでしょう。なのに、なぜか一人になっている。

茂さんの他にも、その子を心配そうに見ている大人が何人かいます。迷子かな？　親御さんはどこだろう？　声をかけた方がいいかな？　そんな目線が交わされる中、一人がパンプスの踵をこつりと鳴らして前に出ました。背中を流れるまっすぐな黒い髪――なんだかセグロセキレイの尻尾みたいですね――あ、ロッカさんじゃないですか！　川平金物店の常連さんで、駅前の薬局に勤めている若い雌です。ロッカさんは腰をかがめて女の子と目を合わせました。

「めあいへるぴゅー」

はい？　ロッカさんはなぜか緊張交じりに奇妙な呪文のようなものを唱え始めました。え、アタシの耳がおかしくなったんですかね？　女の子も不思議そうな顔をしていますよ？

「うぇーあーゆあぺあれんつ」

女の子がぽかんと目を丸くして答えないのを見て、他の大人も近づきました。

「あーゆーろす？」

その人もロッカさんと同じく呪文を唱えています。茂さんは首を傾げ、「すまほ」を取り出してなにか調べものを始めました。茂さん、早くあの子に「迷子なの？　だいじょうぶ？」って聞きましょうよ。アタシにはわけがわかりません。どうしてあの子のそばで大人たちは変なことばかりするのでしょう。

女の子は不安が強くなったのか、うつむいて泣き始めました。ロッカさんも他の大人も、困り顔で女の子の背を撫でています。そのうちの一人がぼそりと、独り言のように呟きました。

「まいったなあ……どこに行ったんだろう、この子の親御さん」

すると、頬を涙で光らせた女の子が喉をひっくひっくと鳴らしながら、その大人を見上げました。

「お、お母さん急いでトイレ行くって……だからここで待っててって……」

ロッカさんも周りの大人も、一瞬なぜか驚いた表情を浮かべ、それからすぐにいつも通りの言葉で話し始めました。

「お母さん、どこのトイレに行くか言ってた？」

「わかんない……」

「この辺りのトイレっていうと公園かな」

「いや、公園のトイレは修理中ですよ」

「駅まで戻ったとすると結構かかるな……」

「もうどのくらい待ってるの？」

女の子はこの問いかけにも首を振ります。答えたのはロッカさんでした。

「さっき……二十分くらい前に、私が奥のおまち堂にお弁当を買いに行くためにここを通ったときにはもういました。だから気になって……お母さんとは、旅行で来たのかな？」

ロッカさんの問いかけに、女の子は今度ははっきりと顎を引いて頷きます。

「もしかしたら、慣れない道でお母さんも迷っちゃったのかもしれない。この辺り、わき道も多いし……うーんと、あのね、このまま道で待っていて悪い人が来ると危ないから、よければ私と、あと――一緒にお願いできますか？　すみません――こちらのお姉さんと、二人でついていくから、すぐ近くの交番に移動しない？　その方が安心だし、お母さんもあなたを見つけやすいと思うんだ」

多少迷うそぶりを見せたものの、女の子は「行く」と小さな声で答えました。ロッカさんと、同じくその子を見守っていた買い物帰りらしいレジ袋を提げた女性に付き添われ、スーツケースを転がして交番の方向へ歩いていきます。

「……話しかけたとき、びっくりさせてごめんなさい。もっとよく勉強するね」

すまなそうなロッカさんの声が遠ざかります。

茂さんは「すまほ」をしまい、なんだかとても苦しげな、居たたまれないような表情で和菓子屋に入っていきました。

苺大福を持参して訪れた豊中さんのお宅は、畑の真っただ中にありました。二階建ての古い大きな家に寄り添うようにして、小さくて新しい四角い建物がちょこんと立っています。

「お父さん、古いガラス製品が昔から好きでね。花瓶とか金魚鉢とか置物とか、場所をとるってわかってるのに、気になる品はどうしても買わずにいられない人で、こんなに花瓶があっても生ける花がないよ！　ってよくお母さんに怒られてた」

そう、現在の家主の豊中江美子《えみこ》さんは楽しげに喉を鳴らしながら言いました。すでにご両親は亡くなって、高校生と中学生の二人のお子さんの子育て中なのだとか。離れを掃除して、いずれは受験を控えた上のお子さんの勉強部屋として利用したいのだそうです。

「驚かないでね？」

そう前置きしてドアが開かれた離れには、二百は軽く超えそうな数のガラス製品が棚にずらりと並べて収納されていました。茂さんも思わず言葉を失っています。たしかに、ここにある花瓶すべてに花を生けたら庭が更地になりそうです。あ、でも部屋に日が入ると光が透明なガラス製品に反射して、あちこちの壁が虹色に輝いて見えます。面白い景色ですね。

「いくつか買い取り先が決まってるので、梱包《こんぽう》を手伝ってください。あと、奥の方のものは全体を拭いてきれいにしてからこっちの敷布にのせて。写真を撮ってオークションにかけるから」

「わかりました」

「桜さんはこっちにおいで。今朝とった白菜の外葉食べる？　あなた、いつもうちの野菜をたくさん食べてくれてるんだってね。ありがとう」

　いえいえ、こちらこそありがとうございます。足元に近づくと、豊中さんは慣れた様子でアタシの頭をくすぐりました。これは鳥と暮らしたことがある人の触り方ですねえ。

　アタシがおやつをいただき、お庭を散歩している間に、茂さんは黙々と作業を進めていきました。

　三時間が経過し、全体の八割ほど写真を撮り終えたところで、お茶を持ってきてくれた豊中さんが作業の終わりを告げました。

「ありがとう！　残りは家族でできるから大丈夫。お疲れさまでした」

茂さんはお会計を済ませ、お茶をいただいて一息つきます。すると、豊中さんはまだ整理が終わっていない棚から、迷いのない手つきで大小八つの花瓶を抜き出しました。

「これ、川平のおじさんとおばさんに届けてくれる？　使いやすそうなのを選んでおいたし、きっとどれかは気に入ってもらえると思う」

「え、あ、はい。ありがとう、ございます。……いや、こんなにたくさん、もらえないですよ！」

「いいのいいの。まだわんさかあるんだから！　むしろ減らすのを手伝ってもらえると助かるわ。いらない分は売っていいから、私からおじさんおばさんへのプレゼント。私が子供の頃からずっとお店やってたんだもん。お疲れさまでしたって伝えてね」

そう言われると断りにくかったようで、茂さんはうなりつつ、八つの花瓶を梱包し、豊中さんからいただいた段ボール箱に入れました。

「う……じゃあ、せめていくらかお支払いさせてください。この花瓶の色違いのやつ、さっき定価だと一万円はするって言ってましたよね？」

「そんなこと気にしないの。ほら、客に恥をかかせない。二人によろしくね」

力強く背中を叩かれ、半ば押し切られるようなかたちで茂さんは花瓶を川平金物店に持ち帰りました。

「だからって八つはねえだろ、八つは。うちの庭まで花がなくなるぞ。えっちゃん、本当に早く処分したかったんだな。大雑把で押しが強いところ、親父とそっくりだ」

段ボール箱の中身を確認し、ジイチャンは呆れ顔で、大玉の白菜みたいなサイズの白い花瓶をあぐらをかいた膝の中で転がしました。

「私はこれがいいねえ。水仙でも生けようかな」

バアチャンは珊瑚《さんご》色の一輪挿しをうれしそうに手に取って玄関に運んでいきます。華やいだ背中を見送り、ジイチャンは心なしか肩をすぼめて座っている茂さんに視線を戻しました。

「必死こいて倉庫の物を減らしてる最中に、物をもらってきてどうするよ」

「そ、そうよね。いや、俺もそう思ったんだけど。プレゼントだって言うし、品物はいいみたいだし、たしかに余ったら売ればいいかなって」

「……まあ、プレゼントってのも、半分は本気なんだろうな。ありがたくもらっておくか」

俺ぁこれにする、とジイチャンは白菜みたいな花瓶を選び、残り六つの花瓶は茂さん名義で他の在庫と同様に「いんたーねっと」で売りに出すことになりました。

その日の夕方、カーテンの陰でうとうとしていたアタシは、乱雑な足音に叩き起こされました。顔を青くした茂さんが、「すまほ」を手にジイチャンを捜し回っています。風呂場の方から、悲鳴じみた声が響いてきました。

「こ、古物営業法！　どうしよう、ひっかかったかもしれない」

それに答えるジイチャンの声はほわんほわんと反響していて聞き取れません。湯船に浸かっているのでしょうか。少し遅れて、気の抜けた茂さんの声が続きます。

「あ……ああ、本当だ。無償で譲渡されたものなら、いいのか……いやな汗かいた。迂闊にお金払わないでよかった……」

ほわんほわんと輪郭の崩れたジイチャンの声と、茂さんの会話はそれからしばらく続きました。

ああ、今年の春はずいぶんと騒がしい。茂さんが不安そうな顔をしてばかりです。

それとも、春とはこういうものなんでしょうか。眠りの淵《ふち》を歩きながら、アタシは去年の春を思い返します。去年の春……花びらが風に流れていた頃……ああ、茂さんの具合が悪く、ジイチャンが部屋に助けに来てくれた時期です。アタシも茂さんも、部屋の外の季節を味わう余裕なんてありませんでした。

なら、アタシにとって今年はほとんど初めての春です。知り合いのおしゃべり好きのセキセイインコは、春を心待ちにしていました。

あの鳥が待ち望んでいた季節は、こんなに騒がしくて、不安定で、落ち着かない季節なんでしょうか。


翌日、アタシは茂さんに連れられて久しぶりに明日町診療所を訪ねました。

「桜ちゃん、元気にしてた？　なんだか凛々《りり》しくなったんじゃない？」

受付の鶴田さんはいつもの柔らかい笑顔で迎えてくれます。隣の大塚さんも、お仕事の手を止めてちらりとこちらに目を向けました。

「いつのまにか、ひよこっぽさがなくなりましたね」

初めてお二人にお会いした頃、アタシはそんなにひよこっぽかったんですかね？

「川平茂さん、どうぞ」

茂さんが診察室に呼ばれたタイミングで、アタシは待合室を出て建物の縁側を通り、師匠が暮らす居間を訪ねました。

　春が来た、春が来たぞ、と上機嫌で庭に向けて独演会をやっているかと思いきや、師匠はやけに大人しくケージ内の止まり木につかまって羽繕いをしていました。

『おう桜ちゃん、いらっしゃい。元気にしてたか？』

チュルルル、チュッチュッチュッ。もしや体の具合でも悪いのかと思いましたが、見る限り師匠の羽つやはよく、声も豊かに張っています。

『アタシは元気ですよう。茂さんはちょっと大変そうですが。あれ師匠、春が来たっていうのに、そんなにはしゃいでませんね』

『そんなこともねえけどよ。なんだ、桜ちゃんのご主人になにかあったのか？』

『ありまくりです』

　アタシは川平金物店の閉店や、大人たちが呪文を唱え始めた不思議な現象、さらには茂さんのお仕事上のドタバタなど、ここのところ立て続けに起こった騒ぎについて師匠に伝えました。師匠は頷きながら話を聞き、最後にくりっと首を傾げました。

『それであれか？　ご主人はまた具合が悪くなっちまったか？』

　そこでアタシははたと気づきました。たしかに以前の茂さんならがくっと体調を崩して寝込んでしまいそうな出来事が続きましたが、茂さんは今朝も特に苦しむ様子もなく起きてきて、しっかり朝ごはんを食べていました。

『そう……そうですね、茂さん、大変そうなことは色々起こっていましたが、ちゃんと眠って、ごはんも食べています』

『そりゃよかったな！　桜ちゃんのご主人、だいぶ力がついてきたな』

　師匠は興奮した様子で止まり木からブランコへ、さらにケージの柵へとリズミカルに飛び移ります。お祝いしてくれているのでしょう。

『金物屋の閉店は、うちの診療所の待合室でも噂んなってたよ。みんなお宅のばあさんの心配してた。商売の引き継ぎ先が見つかったこともそうだし、なにより、ばあさんが持ち直してよかったなあ』

『はい、そうですね』

　そうなのです。よかったことばかりなのです。

　なのに、アタシはいまいち気分が晴れずにいます。

『でも、なくなっちゃったんですよ。ジイチャンがいたレジも、バアチャンの賑やかな接客も、あのごちゃごちゃしたお店も、きれいさっぱりなくなって、別の、もっとずっとおしゃれで機能的な、イケてるミソサザイの巣みたいなお店になるんです』

それがアタシは、少し寂しいです。商店街の人々も、道行くお客さんたちも、あっという間に川平金物店を忘れたように見えて、取り残された気分になります。

師匠は止まり木に戻ると少し黙り、軽く羽を広げながら小学生が鉄棒で遊ぶようにくるんと前方向に回転しました。器用ですねえ。

『あれだな、ご主人じゃなくて桜ちゃんの方が参っちまってるんじゃないか？』

『そうなんでしょうか』

『俺ぁ、今日の桜ちゃんの話を聞いて、わくわくしたけどなあ』

『なにがですか？』

『うまく言えねえけどよ。店を新しくするのも、わからねえことに出会うのも、仕事でのヒヤリハットも――ああ、桜ちゃんは覚えてっかなあ……俺はなんとなく覚えてるんだ。すかすかで頼りなかった体に力が満ちてよ。居心地はいいけど、そろそろここから出るんだって時期だ。くちばしだの頭だのを硬いもんにゴンゴンぶつけて、疲れるし、もどかしいし、痛い思いもする。だけど、眩しい亀裂《きれつ》がもう見えてる。今日の話を聞いていて、そんな懐かしい気分を思い出したよ』

空を、光る亀裂が、走る。

不思議です。アタシもそんな景色を幾度か見たことがある気がします。クウ、とアタシは喉を鳴らしました。

『アタシもそれを知っている気がします』

『そうか。やっぱり、みんなどっかで覚えてるのかもな』

『亀裂が……ああ、そうですね。そこを抜けて、わっと周りが明るくなるまで、ずいぶんもどかしくて辛かった覚えがあります。それじゃあ、茂さんにとって大きな変化がこれから訪れるんでしょうか』

『さあ。大きいのか小さいのか、はたから見てそれがわかるのかも、わかんねえけど。ご主人はきっと変わっていくんだろうな。俺らのときと同じだよ。必要なだけ力が満ちて、あとは生まれるだけだって時期が来たんだ』

くるん、くるん、と師匠はさらに前回りをします。新しく覚えたこの遊びを、ずいぶん気に入っているようです。

『実は俺んちもそうなんだ。変わる時期が来たらしい』

『どういうことですか？』

『俺の主人——ああ、お嬢の方な？　桜ちゃんのご主人の診察をしてる橘のお嬢が、冬の終わりから悩みだしてよ。なんでも人間の国の中には、俺みたいなちいせえ鳥は一羽じゃなくて二羽以上で飼った方がいいって言っているところがあるらしい。俺の飼い方はこれでいいのかって、気を揉むようになったんだ。藤木の坊《ぼん》は——ときどき菜っ葉を寄越す髭の方な？　坊は、新しい鳥を迎えたら元からいる鳥と性格が合わずに喧嘩して、かえってストレスの原因になるケースもあるって、そっちの方を心配してる。ずいぶん長く二人で話し合って、結局来週から新しいセキセイインコがもう一羽、うちに来ることになったんだ』

『ええ！　ものすごい変化ですね』

『だろう？　どんなやつなんだろうな。いやなやつじゃねえといいなあ』

　なるほど。それが気がかりで、春だというのに独演会もせず大人しく過ごしていたんですね。

『師匠は、新しい鳥が来ることはいやじゃないんですか？』

『いやもなにも、俺ぁ他のセキセイインコが身近にいる暮らしなんざ知らねえもの。そりゃ、雛《ひな》っこの頃は違ったのかもしれねえけどよ。なーんも覚えてねえ。知らねえもんをきらうことはできねえよ』

『だって、橘先生の意見の方が間違っていて、藤木先生が言うように新しい鳥が来たあとの方が今より暮らしにくくなる可能性もあるわけじゃないですか。不安にならないんですか？』

『うーん……』

　くるん、くるん、くるん。考え込んだまましばらく回転を続け、ふと、師匠は止まり木の上で動きを止めました。

『生きてりゃ、どうしたって間違えるからなあ。俺もよく間違える。坊もそうだ。だから今更うちのお嬢が間違えたって、ああそうかってだけだ。それに、運悪く気の合わない鳥が二羽そろっちまったとしても、あの二人は俺たちがちょっとでも住みやすくなるように、一緒に悩んでくれると思うんだ』

『なるほど』

『そもそもなあ……』

　言葉を途切れさせ、師匠はまた、くるんと一度回りました。

『このお嬢の悩みは、俺と坊とお嬢の三羽暮らしに慣れて、他を見回す余裕ができたから生まれたもんだ。お嬢も、桜ちゃんとこのご主人と同じで、力が満ちたんだ。満ちて、今とは違う可能性を探す段階に入った。それを無視して、今まで通りでいろっていうのも酷な話だろう？』

『師匠は、変わることが怖くないんですね』

『ずっとこの庭を見てきたからなあ』

　師匠はくちばしの先で白っぽい目隠しシートの向こうに広がる庭を示します。鳥も虫も獣も草木も、今この瞬間に存在していることを喜び猛っている春爛漫《らんまん》の美しい庭です。またたくたびになにかが死に、またたくたびになにかが生まれ、鮮やかな明滅が繰り返されています。

『ガラスや網戸で隔てられているように見えて、結局は俺たちだって、多少ルールが違うだけの同じ世界を生きてるんだ。長く生きて、変わっていく自分や、変わっていく好きなやつを感じられるのはむしろ、豊かでめでてえことなんじゃねえかな』

　喜びも悲しみもなく口にして、師匠はアタシの方へ振り向きました。

『桜ちゃんは、怖いかい』

　ピピッ、チュ、ピチュルルル。羽毛を撫でていく風のように、今日も師匠の声は透き通っています。

『アタシは……』

――いきていると、いつもこわい。

そんな風に思っていたのは、いつだったでしょう。大きな生き物、揺れる影、物音、そのすべてが恐ろしかった日。

――桜さん。

アタシがアタシのことを、「桜さん」だと知った日。体が何倍にもふくらみそうな喜びとともに空に亀裂が入り、アタシは次の世界に生まれ出ました。アタシがいて、茂さんがいる今の世界へ。

――桜さん、桜さん。

そうして再び、空に入った亀裂を見上げている。これからも生きて変わっていくアタシが、生きて変わっていく茂さんとともに。

『怖くない。怖く、ないです。きっと』

あまりに眩しくて、よく見えないけれど。

クウ、と喉を鳴らし、アタシはそれから師匠と一緒に、静かな心地で庭を見つめました。

「あれえ、桜さん。こんなところでなにしてるの？」

どこか明るさとゆるさのある声に呼ばれて振り返ると、カフェの前にはララさんが立っていました。薄い水色の幅広のズボンに雲のようにもこもこした白いニットを合わせた軽やかな服装です。ララさんは先日お会いしたロッカさんのつがいで、隣町の美容室に勤めているのだとか。光が流れるきれいな長い髪を、今日はピンクっぽい茶色に染めていました。季節を意識しているんですかね？

なにをしてる、というわけでもないのですが、カフェで商店街の青年部が二時間後に開催を控えた桜祭りの最後の会合をしていて、それに参加している茂さんを待っているんです。桜祭りはお昼の十二時から開催され、福引をやったりゲーム大会をやったり、夜には公園をライトアップしてお汁粉を出したりと、なかなか忙しいようです。ララさんはカフェの店内を覗き、四人がけのテーブルを二つつなげて話し込む若者たちの中に茂さんの姿を見つけて合点がいったように頷きました。

「なるほど。飼い主さん、忙しいんだね」

そうなんですよう、もう、アタシは暇で暇で。よければ少しお膝にのせて遊んでもらえませんか。

足元に近づくと、ララさんは少し笑ってカフェの建物に背中を預ける格好でしゃがんでくれました。アタシはぴょんとララさんの膝に飛び乗ります。

「今日は桜祭りなんだよ。桜さん、知ってる？　ってか、桜祭りって桜さんのお祭りみたいだね」

知ってますよう。ゲーム大会の準備だの道の飾りつけだの、なかなかやることが多くて大変でした。まあ実際に手を動かしたのはアタシではなく茂さんたちなんですが。

背後に目を向けると、ちょうど茂さんが手を上げたところです。緊張した面持ちで、なにかを一生懸命にしゃべっています。

「あ、あと、すみません、もういっこ相談したいことがあって……えっと、七ページの海外からの観光客への対応ってところ。困っている様子のときは英語の会話例を参考に話しかけましょうっていうくだりなんですけど、これだと思い込みで話しかけそうっていうか……日本で生活している、アジア系の外見じゃない日本人もいるじゃないですか。この参考イラストで描かれてる金髪に青い目の男女も、もしかしたら日本で生まれて日本語で育って、毎日納豆食って、落語見て笑ってる人かもしれない。あるいは、いろんな理由があって大人になってから日本国籍を取った人かもしれない。そして、どんな人でも、旅先じゃ迷子になってもおかしくないです。だからこっちが外見から、この人はきっと海外からの観光客だって決めつけて英語で話しかけるより、一回近所の人にするみたいに『なにかお困りですか？』って日本語で聞いて、それで反応が薄かったら英語や、こっちのシートの他の言語に誘導していくって手順の方がスムーズなんじゃないかなって。……こ、このあいだ俺、そこの和菓子屋の前でひどい勘違いしちゃって」

　数ヶ月前は端っこに大人しく座っているだけだったのに、つっかえながらですが茂さんは迷いなく自分の意見を言い、青年部の人たちも真剣に検討してくれているように見えます。ご主人はきっと変わっていく。そんな師匠の予想は、当たっているのでしょう。変わって、その先でも悩みや苦しみはたくさんあって、間違えることもあって――。

「今日の桜祭りでは、公園の特設ステージでいくつかの音楽グループが演奏することになっててさ。本当は私とロッカさんも、登壇するはずだったんだ」

アタシの背中を撫でながら、ララさんはぽつんと呟きます。おや、ロッカさんはどちらへ？　見返すと、ララさんは寂しそうに眉尻を下げて笑います。

「ロッカさんは今、めっちゃ具合が悪いんだ。仕事も家族も色々あって、気を張ってるなーとは思ってたんだけど、このあいだ道で子供に失礼なことして泣かせちゃったんだって。自分がクソ嫌いって、落ち込んで……そうしたらがくんって体の具合も悪くなって、寝込んじゃった。病院に行って、お薬をもらって、とりあえずは大丈夫なんだけど……」

おやまあ。

「誰かに失礼なことをしちゃうとかさ、私はそういう情けない失敗、お店で毎日やってるよ！　自分馬鹿だなーいやだなーって思いながら生きてる。でもロッカさんはデキがいいし、ちょっと潔癖なんだよね。だめな自分や、人に迷惑をかける自分が許せないの。心の根っこが、デキる自分大好きで超傲慢《ごうまん》な王様なの」

ララさんは苦々しく笑いながら続けます。その声音には、ロッカさんへの愛情が満ちていました。たとえば他の人間がロッカさんのことを傲慢呼ばわりしたら、ララさんは烈火《れっか》のごとく怒るのではないでしょうか。そんなめんどくさい気配が彼女の体から漂っています。

急に、ララさんは笑顔を吹き消し、歯でも痛むようなぎこちない表情で自分の両手を見下ろしました。

「いつも元気で体も心も強い人だったから、ロッカさんが具合が悪くなるところ初めて見た。それで……この先になにがあるかはわからないんだ、人生って色々あるんだってことが急に……わかった」

そこまで口にしてぎゅっと両手を握ります。お仕事でよく使うのか、ララさんの手はところどころ肌が赤く荒れていました。

「ある日、ロッカさんがもっと重い病気にかかって、入院したらどうしよう。もうずっと二人で暮らしてるのに、家族だってわかってもらえなかったらどうしよう。そう思ったら、いやすぎて気持ちが悪くなった」

ララさんの悩みを聞きながら、アタシはバアチャンが入院したときのことを考えていました。バアチャンのそばに行って温めたかったのに、鳥は人間の大きな病院に入ってはだめだからと、それは叶《かな》いませんでした。もしも倒れたのが茂さんだったら？　不安でガラスをつつき続けて、アタシまで倒れることになりそうです。それにしても、鳥と人間はともかく、人間同士のつがいなのに家族だとわかってもらえないかもしれないってなんなのでしょう？

はあ、と深いため息を落とし、ララさんは薄ピンク色の提灯がたくさん並んだ通りを見上げました。

「ああ、ロッカさんとお散歩したい。一緒にお花見して、お団子食べたいな」

その気持ちは、とてもよくわかります。

しばらくアタシの背中を撫でていたララさんは、やがてアタシを膝から下ろして立ち上がりました。

「お団子とお弁当を買って、公園で桜の花を拾って帰るよ。たまに落ちてるよね、あの、花びらが五枚ちゃんとついてる花。水に浮かべて、ロッカさんと一緒に部屋の中でお花見する。愚痴《ぐち》を聞いてくれてありがとう、桜さん」

どういたしまして。それにしても、人間はスズメがポイ捨てしたゴミが好きですねえ。

ララさんのブーツが遠ざかり、通りを行き交うたくさんの人間の足に紛れて見えなくなります。空は薄曇り。公園の桜は八分咲きを迎えました。老若男女さまざまな人間が春を味わいながら歩いていきます。

今頃、川平金物店には久保田さん一家が訪れ、改装の打ち合わせをしていることでしょう。これまで川平金物店では業務用の商品も一般のお客様向けの商品と一緒に並べていましたが、改装後の新しいお店では倉庫の空きスペースを活用して業務用の商品はそちらにコーナーを作り、店舗に置くのはすべて一般のお客様向けの商品にするのだそうです。初めての人でも入店しやすい雰囲気を作りたい、という日葵さんの提案です。ならば業者さんの動線をどうするか、長いこと電話でバアチャンと話し合っていました。今日はその話し合いをまとめにやってきて、終わったら全員で桜祭りに遊びに来る予定です。

「桜さんお待たせ。俺たちも行こう」

会合を終えた青年部の男女がカフェから出てきました。みな次の予定が頭にあるようで、忙しそうに早足で去っていきます。茂さんはアタシのそばにしゃがみ、背中にてのひらを弾ませます。アタシが世界で一番安心するリズムです。

「キッズコーナーのワニ叩きゲーム担当になっちゃったよ。桜さんどうする？　家で待ってる？」

ええ、なんですかその物騒な感じのゲーム……いやだあ……ううん、仕方ない、お供しますよう。

クウと喉を鳴らし、アタシは茂さんの背中を上って玄米餅スタイルで肩に陣取りました。——さあ、アタシたちの今日を始めましょう。

桜の花びらが交ざる風を受けながら、茂さんはたしかな足どりで歩き出しました。

*

大盛況の桜祭りが終わって、それで。

アタシたちの暮らしが変わったかというと、特段なにも変わりやしません。

茂さんは相変わらず金物店のあと片づけをして、ときどき自分が引き受けたお仕事をこなし、明日町診療所に通っています。ジイチャンは家のこととバアチャンの身の回りのお世話をし、ときどきお向かいのブティックの主人とカラオケ喫茶だの麻雀《マージャン》だのに出かけているようです。バアチャンはリハビリに通っています。最近はリハビリセンターの若いスタッフさんに教えてもらったゲームに夢中です。家のテレビにゲーム機をつなげ、動物たちが集まる島で物を売り買いしたり、家を建てたりしています。実際の暮らしでも物を売り買いし、お店の改装を目の当たりにしているのに、なんでわざわざゲームでやるんですかね？　アタシにはさっぱりわかりません。

連休になると、未来さんといろはちゃんが顔を出します。未来さんは知り合いのママさんに紹介してもらった子供預かりサービスを利用しつつ、現在もとても美しい鞄を作る会社で働き続けているそうです。三年生になったいろはちゃんはずいぶん背が伸び、頬の丸みがすっきりして大人っぽくなりました。最近は補助輪なしの自転車と、鉄棒の逆上がりの練習をしているようです。鉄棒好きの師匠に教えてあげたいですねえ、逆上がり。

師匠といえば、アタシはしばらく居間への立ち入りを師匠から禁止されてしまいました。少し前に一度あちらへ行こうとしたら、空を巨大な魚が泳ぐのを合図に――鯉《こい》のぼりのことですかね？――明日町中の鳥の度肝を抜いてやるから覚悟して待ってろ、と大きな声で制されました。大丈夫ですかね師匠。うさんくさい渡り鳥に、変なホラ話でも吹き込まれてないといいんですが。

「川平茂さん、こちら処方箋《しょほうせん》です。はい、お大事に。――桜ちゃん、今日はずっと待合室にいたね。どうしたの、師匠と喧嘩？」

違いますうー来るなって言われたんですうー。

鶴田さんの問いかけにアタシはそっぽを向き、さっさと茂さんのバスケットに入ります。お会計を済ませた茂さんが、不思議そうにアタシの顔を覗いて蓋を閉めました。

四月に入り、世界はぐっと暖かくなりました。茂さんはもうコートを片づけ、長袖のシャツの上に生地の柔らかいパーカーを重ねて歩いています。枝から絞り出されたばかりの若い葉が木々を彩り、町中が明るい緑色に輝いて見えます。

「桜さん、師匠さんとなにかあったの？　会いに行く？　気まずいなら、俺も一緒に行こうか」

そういうのじゃないんですう。こっちは新しいセキセイインコに師匠がいじめられていないか、心配で顔を見に行こうと思ったのに。まったく、失礼な話です。

ふと、風の向きが変わりました。さらさらと心地よい葉《は》擦《ず》れの音の奥から、チュルル、ピチュ、チュ、と、かすかな小鳥のしゃべり声が聞こえてきます。

『違う違う、すぐ本題に入るんじゃねえ。まずは庭に来た客の顔ぶれをよーっく見るんだ。ほら、今も色々来てるだろ。あれはスズメ、あの声がでけえのがヒヨドリ、目の周りに白い化粧をしてるキザなのがメジロだ。来たばかりの鳥には軽く話しかけて挨拶する。遠いところから来た鳥には旅の労をねぎらう。雛っこを育ててる鳥は、誰かの話を聞くよりも自分がしゃべりてえってやつが多いな。よーくよーく話を聞いて、雛っこのことや最近の悩みなんかも教えてもらう。相手に興味を持つことが大事なんだ。そこでやっと、この客層で、手持ちのどの話なら面白がってもらえるか考える。てめえが話したいことばかり話したって、誰も聞いちゃくれねえよ。わかるか? 弟子』

『あい、師匠!』

『よし。五月の初口演まで、気合い入れていくぞ!』

流暢《りゆうちよう》でよく響く師匠の声に、ピチュ、とまだ舌っ足らずの若鳥の声が応じます。ああ、師匠にはお弟子さんができたんですね。

　駅前の大きな薬局で、いつも通りロッカさんはきびきびと働いていました。前に通っていたところよりも扱っている薬の種類が豊富らしく、最近では茂さんはこちらの薬局の常連になっています。

　ロッカさんは茂さんから処方箋を受け取り、お薬について丁寧な説明を行い、お大事に、と見送ってくれました。顔見知りでも世間話をせず、お仕事の対応を一切変えないのは、いかにも真面目なロッカさんらしいです。ララさんはきっと、ロッカさんのそういう融通の利かないところも含めて大好きなんでしょうね。

ロッカさんが完全に元気になったのか、それとも昔の茂さんのように治療しながら日々を過ごしているのか、カウンター越しにはよくわかりません。

でも、生きていて、ひたむきに命を光らせている。次の夏祭りでは、お二人の演奏を聴くことができるでしょうか。ロッカさんが隣にいてくれたら、ララさんの命もまた、素敵に光ることでしょう。

さて、お薬をいただいて、ひとまず用事は終わりです。

いつも通り帰ってお昼ごはんかと思いきや、茂さんは薬局の隣の建物の前で足を止めました。今までに幾度となく目の前を通り過ぎたのに、まるでそのお店があることに今気づいた、とばかりにお店の看板を見上げ、吸い込まれるように入っていきます。

知らないお店の、知らない匂いです。見渡す限りの棚に真新しい本が並べられていきます。紙がたくさん集まるとこんな匂いになるんですね。他のお店だと人間はもっと騒がしいのに、このお店ではみんなずいぶん静かです。

「桜さん、ちょっと待っててね」

そっとアタシに呼びかけて、茂さんはバスケットを床に下ろします。蓋を頭で押し上げて覗いてみると、茂さんは商品棚に差された本を何冊か抜き出して内容を見比べていました。茂さんが選んだ本の表紙には、白いヘルメットをかぶって配線工事をする人間の絵や、他の人間を車に乗せて運転する人間の絵が描かれています。

――あんな風に堂々と、居る場所を自分で選べるようになれたらいいだろうな。

バリケンのお姉さんに憧れていた茂さんが、次に自分が生まれ変わる姿を探そうとしている。茂さんが、今の茂さんとは違う茂さんになろうとしている。満ちて、熟して、身動《みじろ》ぎする細やかな気配は、野蛮《やばん》でくすぐったい春の気配と同じものです。

茂さんに訪れた春を、アタシはじっと見つめました。急に眩しい喜びが込み上げてきて――これが師匠の言っていた「めでてえ」ってことなんでしょうか。

茂さんの指の動きに合わせ、はら、とページのめくれる軽い音が響きます。そのかすかな音はアタシがかつて耳にした、空の亀裂が広がっていく音に似ています。はら、はらり。時間をかけて吟味《ぎんみ》し、茂さんは二冊の本を買って帰りました。

そして、唐突にその瞬間はやってきます。自分でもなぜそう思ったのかはわからない。レースのカーテンがふくらんで、網戸から入ってくる春の終わりの風が心地よくて、目の前には、遮光カーテンの陰に隠れていたせいで茂さんが回収し忘れた二つと、今アタシの体からこぼれ落ちたばかりの一つがあって——三つ、そう、三つの卵を見ているうちに、なぜか思ったのです。

このひんやりしたものに体を寄せ、温めてみたい。それは、ちょっと面白そうな気がする、と。

アタシは潰さないように気をつけながら、三つ並べた卵を覆うように腰を下ろしました。そわそわします。遊びでもしかけているような気持ちです。でもいったい、なにに対して？

はら、はらり。アタシの空が、また少し砕けて、剥がれていく。亀裂の向こうにあるのは眩しくて恐ろしい、しかしとても大切な、次の世界です。

「桜さん、どこにいるの？」

階段をのぼる、茂さんの足音が近づいてきます。

取材協力

バードショップ　ピッコリアニマーリ様　https://www.piccoli-animali.com/
山田屋の家庭用品様　https://yamadaya.shop/
服部文祥様、服部小雪様
矢島緑様

お忙しい中、貴重なお話をお聞かせくださりありがとうございました。
作中に事実と異なる表現があった場合、その責任はすべて作者にあります。

本作品はフィクションで、鳥類の飼育描写について
創作上のデフォルメがされています。
鳥類を飼育する際は必ず購入した店舗で指導を受け、
安全に管理していただくようお願いいたします。

参考文献

『そだててあそぼう20　ニワトリの絵本』やまがみよしひさ（へん）　きくちひでお（え）　農文協

『野鳥と木の実ハンドブック　増補改訂版』叶内拓哉（著）　文一総合出版

『インコのびのび～オカメインコ・セキセイインコのオーストラリア野生生活～』
岡本勇太（写真）　文一総合出版

『鳥はなぜ鳴く？―ホーホケキョの科学―』松田道生（著）　中村文（絵）　理論社

『日本野鳥の会のとっておきの野鳥の授業』日本野鳥の会（編）　上田恵介（監修）　山と渓谷社

『イラスト図解　鳥になるのはどんな感じ？　見るだけでは物足りないあなたのための鳥類学入門』

デビッド・アレン・シブリー（著）　川上和人（監訳・解説）　嶋田香（訳）　羊土社

この作品は、「季刊アスタ」vol.4～vol.7に連載された『桜と茂』を改題の上、加筆修正したものです。

装丁　須田杏菜
装画　田尻真弓

彩瀬まる　Maru Ayase

1986年、千葉県生まれ。上智大学文学部卒業後、会社勤務を経て、2010年「花に眩む」で第9回女による女のためのR-18文学賞読者賞を受賞し、デビュー。2012年に刊行した東日本大震災の被災記『暗い夜、星を数えて』で注目を集める。著書に、映画化された『やがて海へと届く』（第38回野間文芸新人賞候補）のほか、『くちなし』（第158回直木賞候補、第5回高校生直木賞受賞）、『森があふれる』（第36回織田作之助賞候補）、『新しい星』（第166回直木賞候補）、『あのひとは蜘蛛を潰せない』『まだ温かい鍋を抱いておやすみ』『かんむり』『花に埋もれる』など多数。

なんどでも生まれる

2024年5月27日　第1刷発行

著　者　彩瀬まる

発行者　加藤裕樹

編　集　小原さやか　吉川健二郎

発行所　株式会社ポプラ社

〒141-8210
東京都品川区西五反田3-5-8　JR目黒MARCビル12階
一般書ホームページ　www.webasta.jp

組版・校閲　株式会社鷗来堂

印刷・製本　中央精版印刷株式会社

N.D.C.913／236p／19cm ISBN978-4-591-18180-5

P8008460
NexTone　PB000054977号

『なんども生まれる』は、このアンソロジーから生まれました！

スカイツリーを見上げる下町のかたすみに、
ひっそりと息づく「明日町こんぺいとう商店街」。
白い「招きうさぎ」がマスコットをつとめるこの商店街を舞台に、
人気作家陣がお店を開店！
それぞれのお話の登場人物たちが交錯する様子も楽しめる、
新感覚のほっこり温かなアンソロジーシリーズ。
本書に登場する龍臣の物語『水沢文具店』、
真悟の物語『おもちゃや「うさぎや」』なども、ここで読めます！

ポプラ文庫　装画：イシヤマアズサ